Annette G. Krupka

Culpa

10 Fall um Katherina "Kate" Schulz

Impressum

© 2021 Annette Gisela Krupka
Herstellung und Verlag: BoD – Books on Demand,
Norderstedt
ISBN 9783754313121

Das Buch

Während Kate Schulz und Mike Köhler mit ihren Hochzeitsvorbereitungen beschäftigt sind, wird in einer historischen Gruft im Plauener Arboretum der Leichnam eines alten Mannes gefunden.
Niemand scheint ihn zu vermissen.
Wer ist er und warum hat man ihn in dieser Gruft richtiggehend entsorgt?
Dann entdeckt Doktor Omar Amri ein Detail am Körper des alten Mannes, dass den Fall in einem ganz anderen Licht dastehen lässt. Aber es gibt bereits einen neuen Toten.

Kapitel 1

„Elli, Elli!"

Barbara Böttger schüttelte den Kopf. Normalerweise hörte ihre Labradorhündin aufs Wort, aber heute schien sie ihrem Jagdtrieb einfach blind nachzugeben. Nachdem sie die Chamissostraße überquert hatten, ließ sie die Hündin, wie immer, von der Leine. Elli war froh den Weg entlang des Arboretums frei laufen zu können. Aber heute war das Tor, was sonst um diese Zeit immer geschlossen war, einen Spalt geöffnet und die Hündin hatte sich durchgequetscht und war laut bellend den Weg hinunter gejagt. Seufzend lief Barbara ihr nach.

Sicher war ein Kaninchen in der Nähe, dessen Duft wohl auch die gehorsamste Hündin schier irre machen konnte.

„Elli, komm jetzt, Fuß", rief sie in die Dämmerung, in deren Silhouette der Baumpark mit seinen alten Gräbern und Grüften fast gespenstisch wirkte.

Barbara Böttger war keine ängstliche Frau und in Begleitung ihrer Hündin hatte sie sich stets sicher gefühlt. Außerdem hielt sie nichts von Friedhofsgruselgeschichten. Sie war nach wie vor der Meinung, dass Lebende deutlich mehr Unheil anrichten konnten als Verstorbene.

Sie sah Elli am Rand des Areals stehen, wie sie aufgeregt an einer Gruft hin und her lief und sich jetzt nach ihr umschaute. Dabei bellte sie nicht nur, sondern winselte abwechselnd.

Barbara erschrak etwas. Hatte die Hündin sich etwa verletzt oder war von einem anderen Tier angegriffen worden? Trotz ihrer 74 Jahre rannte sie den Weg entlang und nahm schließlich die Abkürzung querfeldein über die ehemaligen Gräberfelder.

„Was ist denn, mein Mädchen?", fragte sie und sah aber sofort beim Näherkommen, dass ihre Befürchtungen sich nicht bestätigten.

Elli hatte keine Verletzungen, sie war nur scheinbar furchtbar aufgeregt und rannte immer wieder zu der Gruft hin. Kopfschüttelnd trat Barbara näher.

„Na das ist doch…", sagte sie.

Irgendjemand hatte den schweren Deckel der alten Gruft einen breiten Spalt zur Seite geschoben, man sah sehr deutlich die Spuren, die augenscheinlich frisch waren.

Sie vermutete, dass einige Jugendliche hier wohl einen Einbruch in eine Gruft, warum auch immer, geplant hatten. Durch ihre Hündin waren sie dann in ihrem Vorhaben gestört worden und hatten schnell Reißaus genommen.

Sie ging etwas näher heran und bemerkte, dass Elli sich noch nicht beruhigen wollte.

Diese lief immer noch aufgeregt zu dem Spalt und bellte hinein.

Entschlossen legte sie ihr die Leine um und zog ihr Smartphone aus der Tasche.

Es war besser die Polizei zu verständigen. Nicht, dass irgendjemand noch in diesen Spalt hineinfiel und sich ernsthaft verletzte.

„Warum haben sie ihren Hund hier freilaufen lassen?"

Obermeisterin Kirsch sah Barbara Böttger streng an.

„Hier auf dem Gelände sind freilaufende Hunde nicht gestattet."

Barbara sah ihrerseits die Polizistin kampflustig an. Auch wenn sie einen Kopf kleiner und fast dreimal so alt wie die junge Frau war, würde sie sich diese haltlose Anschuldigung nicht gefallen lassen.

„Erstens habe ich meine Hündin draußen auf dem Weg ohne Leine laufen lassen, weil um diese Zeit das Tor des Arboretums immer geschlossen ist. Zweitens, ist das der Dank dafür, dass ich mich darum sorge das jemand in diese Gruft fallen könnte?"

Die Polizistin räusperte sich etwas und sah auf ihren Kollegen, der inzwischen eine Taschenlampe aus dem Auto geholt hatte. Dieser hatte die Worte seiner jungen Kollegin gehört und lächelte Barbara Böttger zu.

„Sie haben alles richtig gemacht. Wenn ein Hund einmal Witterung aufnimmt, dann ist er schwer zu bändigen", sagte er beruhigend.

Barbara wandte sich dem Mann in mittleren Jahren zu.

Er war ihr deutlich sympathischer als seine schnippige junge Kollegin.

„Ja, ich dachte auch erst, sie hat ein Kaninchen gewittert, aber dann ist sie nur um diese Gruft herumgerannt und war gar nicht mehr zu beruhigen."

Elli lag jetzt neben ihr auf dem Boden, behielt aber

besagtes Objekt, trotz der einbrechenden Dunkelheit, fest im Blick.

„Vielleicht hat sie das Kaninchen genau dort hinein-gejagt?"

Er nickte seiner Kollegin zu.

„Also, ich schaue da mal hinein und dann sichern wir den Ort. Frau Böttger hat bestimmt recht, da waren ein paar Jugendliche am Werk, die wohl einen Hor-rorfilm zu viel gesehen haben und die Hündin hat sie mit ihrer Jagdaktion aufgeschreckt. Die sind längst über alle Berge."

Er ging an der dunklen Marmoreinfassung auf die Knie und leuchtete in den Spalt.

„So, jetzt…" Plötzlich verstummte er.

„Scheiße", sagte er leise, aber durchaus verständlich. Seine Kollegin trat näher. „Rainer, was ist denn?" Dieser erhob sich und im Schein der Taschenlampe sah er blass aus.

„Ruf den Kriminaldauerdienst," sagte er.

Kapitel 2

Als Hauptkommissar Mike Köhler das Gelände des Arboretums betrat, war es für ihn wie ein Déjà-vu. Vor zwei Monaten hatte es hier in der ehemaligen Leichenhalle einen Suizid gegeben, und jetzt war er wieder hier wegen eines Leichenfundes. Er sah bereits am Eingang die hellen Scheinwerfer im seitlichen Areal des ehemaligen Friedhofs.

Als er in Richtung des Tatortes ging, bot sich ihm ein bizarres Schauspiel. In einem geradezu mystischen Licht- und Schattenspiel erhob sich aus den Tiefen der Gruft ein massiger, großer Körper, komplett in Weiß gekleidet.

Schließlich erkannte er Professor Omar Amri, der sich stöhnend und mit Hilfe von Karsten Windisch, dem Leiter der Spurensicherung, aus den Tiefen der Gruft an die Erdoberfläche zurückkämpfte. Einige Beamte hatten die Platte noch weiter zur Seite geschoben und eine Leiter in die Tiefe gelassen, sodass der Pathologe hinunter und wieder heraufklettern konnte. Er nickte Mike kurz zu, riss sich dann den Anzug der Spurensicherung, den diese für ihn immer in Sondergröße vorrätig hatten, vom Körper und winkte den Hauptkommissar etwas zur Seite.

Dann wandte er sich an Karsten Windisch.

„Wenn ihr fertig seid, könnt ihr ihn ins Institut bringen lassen."

Dieser nickte und beriet sich mit seinen Mitarbeitern.

„Also, ich würde sagen, der Tote ist maximal 48

Stunden tot. Scheinbar hat ihn jemand mit Gewalt in diesen engen Spalt gepresst, es sind multiple Verletzungen zu sehen, von denen ich aber vermute, dass sie post mortem eingetreten sind", sagte Omar und stopfte den Overall in einen dafür vorgesehenen Beutel. „Was kannst du noch sagen?"

Der Pathologe zuckte die Schultern. „Momentan nicht viel, außer männlich und mindestens achtzig Jahre, eher älter. Ach ja, und stark unterernährt."

Kasten Windisch war jetzt auch wieder zu ihnen getreten. „Keine Papiere. Eine leichte Hose, sieht fast wie eine Schlafanzughose aus und ein T-Shirt. Etwas wenig als Bekleidung, immerhin ist es derzeit recht kühl."

Mike sah zu der Gruft hin. „Und von selbst könnte er nicht hineingefallen und gestorben sein?"

Er dachte dabei an einen dementen alten Herrn, der vielleicht von einem Pflegeheim oder von zu Hause weggelaufen war und sich hier her, warum auch immer, verirrt hatte.

Sowohl Karsten als auch Omar schüttelten den Kopf. „Als wir hier ankamen, war der Spalt an der breitesten Stelle sechzig Zentimeter. Da stürzt niemand rein, jedenfalls nicht komplett. Außerdem haben wir massig Faserreste gefunden, an beiden Seiten. Also da war viel Kraft im Spiel, um ihn dort hineinzupressen, auch wenn er sehr schlank war. Vielleicht wollte sich jemand eine Erdbestattung sparen? Bei den Preisen heute…" Mike zog die Augenbrauen nach oben.

„Eine bizarre Art, einen Verstorbenen zu entsorgen.

Wer hat ihn denn nun entdeckt?"

Der Leiter der Spurensicherung deutete mit den Daumen nach rechts. Dort standen zwei uniformierte Beamte. Mike nickte und trat zu ihnen.

„Obermeisterin Kirsch, Hauptmeister Brüning",
stellte der ältere Beamte seine Kollegin und sich vor.
Mike kannte sie vom Ansehen her, hatte aber noch nichts mit ihnen zu tun gehabt.

Hauptmeister Rainer Brüning berichtete kurz und umfassend, was sie hier nach ihrer Benachrichtigung durch Frau Böttger vorgefunden hatten.

„Wir dachten ja ebenfalls es war der Streich von ein paar Jugendlichen und hätte der Hund nicht so verrückt gespielt…" Er schüttelte den Kopf.

Mike sah sich um. „Wo ist die Zeugin?"

„Wir haben sie nach Hause geschickt. Sie hat einen pflegebedürftigen Mann und konnte nicht mehr länger warten. Aber wir haben ihre Daten."

Mike nickte. „Danke, sie können dann auch gehen. Schönen Feierabend."

Er ging zurück zu Omar, der gerade seine Tasche zusammenpackte.

„Ich lege mich für ein paar Stunden aufs Ohr und mache mich morgen früh gleich an die Autopsie. Vielleicht haben wir es wirklich mit einem ganz normalen Tod zu tun und Karsten hat recht, jemand wollte sich die Beerdigungskosten sparen."

Mike lachte leise. „Das glaubst du doch selbst nicht?"

Der Pathologe grinste breit. „Natürlich nicht, aber das wäre nun wirklich mal was anderes."

Kapitel 3

Als Mike das pathologische Institut betrat, fand er
Omar nicht wie sonst in seinem Büro an.

Seine Assistentin Kerstin Nagler hatte ihn bereits an
der Tür empfangen und deutete auf einen kleinen
Raum. Dort hingen diverse Schutzkittel.

„Sie sollen zu ihm reinkommen", sagte die junge
Frau und zeigte auf eine weiße Tür. Mike wusste,
dass diese in den Sektionsraum führte.

Er zögerte einen Augenblick. Es war ungewöhnlich
für Omar, dass er ihn ohne vorherige Absprache mit
dem Toten konfrontierte. Auch wenn er zu gelegent-
lichen wissenschaftlichen Monologen neigte, es
machte ihm keine Freude, wie seinem Vorgänger, Polizisten bei einer Autopsie mit unerfreulichen Details
zu konfrontieren und dabei zu warten, wenn die Ersten blass und würgend Richtung Toilette stürmten.

Er präsentierte lieber seine Ergebnisse sachlich in der
angenehmen Atmosphäre seines Büros und unter-
legte diese gegebenenfalls mit Bildern.

Das er heute Mike selbst im Sektionssaal haben
wollte, war ein absolutes Novum.

Mit einem leisen Seufzer nahm Mike einen Schutzkittel, setzte eine Maske auf und betrat den Saal, dessen
Tür Kerstin Nagler ihm aufhielt.

Zu seiner Erleichterung schien Omar bereits mit der
Sektion fertig zu sein, der Leichnam war bis zum
Hals abgedeckt.

Der Pathologe sah auf und winkte Mike näher zu

treten.

„Ich wollte dir das hier unbedingt zeigen", sagte er und deutete auf den Toten.

Dessen wächsernes Gesicht war schmal und spitz, die Wangen eingefallen. Omar hatte ja bereits angedeutet, dass der Mann weit über achtzig Jahre sein musste. Somit war das hagere Gesicht wohl kaum etwas Besonderes. Omar wartete scheinbar, bis Mike sich etwas akklimatisiert hatte. Also nickte dieser ihm zu.

Mit einem Ruck riss der Pathologe das Tuch weg und legte es hinter sich auf einen Hocker.

Mike zog scharf die Luft ein.

Der Mann war nicht nur dünn, er war fast komplett zum Skelett abgemagert. Überall auf dem Körper waren großflächige Hämatome, kleinere Brandverletzungen und Quetschungen zu erkennen.

Omar deutete auf beide Handgelenke, die deutliche Spuren von Fesselungen zeigten.

Mike atmete geräuschvoll aus.

„Das hat man ihm alles zu Lebzeiten angetan?"

Omar nickte, dann nahm er das Tuch wieder auf und deckte den Toten damit fast behutsam zu. Mit einer Kopfbewegung deutete er zur Tür.

„Lass uns drüben weiterreden. Ich wollte es dir nur zeigen, damit du eine Vorstellung hast."

Mike zog sich den Kittel aus und warf ihn samt Maske in den dafür vorgesehenen Abfallsack.

Dann ging er bereits in Omars Büro, wohin ihm dieser ein paar Minuten später folgte.

Mit einem Seufzer nahm er Mike gegenüber Platz und schenkte ihnen beiden Kaffee ein.

„Also, zuerst korrigiere ich das Alter des Mannes nach oben. Er ist mindestens neunzig Jahre alt und war scheinbar bisher in recht guter körperlicher Verfassung."

Als er Mikes ungläubigen Blick sah, nickte er.

„Wirklich. Mein erster Gedanke bei seinem Anblick war, dass wir es hier mit einem Karzinompatient im Endstadium seiner Erkrankung zu tun haben. Negativ. Der nächste Gedanke war vielleicht eine Alzheimerdemenz, die den reduzierten Ernährungszustand erklärt, nichts. Das Gehirn ist altersgemäß verändert." Als er schwieg, sah Mike ihn an.

„Und was vermutest du?"

„Jemand hat ihn hungern lassen, und zwar extrem. Sein Darm ist komplett sauber. Was ich gefunden habe, ist eine Art klare, verwässerte Brühe und so etwas wie schwarzer, dünner Kaffee. Ich lasse das noch genau analysieren. Einige der Verletzungen, die ihm zugefügt wurden als er noch lebte, werden zum Großteil von denen nach seinem Tod überdeckt, als man ihn in diesen Spalt der Gruft gedrückt hat. Aber die Brandspuren und die Hämatome sind noch gut erkennbar."

Mike lehnte sich zurück.

„Dann wurde er also über eine längere Zeit gefangen gehalten, gefesselt und gefoltert? Wer tut einem alten Mann so etwas an?"

Omar hob beide Hände.

„Das herauszufinden ist deine Sache, aber vielleicht kann ich dir ein wenig helfen."

Mike stöhnte innerlich auf. Er hasste es, wenn Omar noch irgendein Ass im Ärmel hatte und es dann in der Art eines Varietéküstlers präsentierte.

Der Pathologe schob einen eingetüteten, fleckigen Zettel über den Tisch. Er war ungefähr 3x3 Zentimeter groß und ziemlich zerdrückt. Man sah ihm an, dass er nass geworden war.

Omar deutete mit dem Finger darauf. „Den habe ich in der Kehle des alten Herrn gefunden und ich sage es nicht gern, aber er wurde ihm noch zu Lebzeiten hineingeschoben. Die Flecken, die du siehst, sind Blut."

Mike kniff die Augen zusammen, aber Omar reichte ihm eine Lupe.

„Ich kann dir auch sagen, was darauf steht- *mea culpa, mea culpa, mea maxima culpa*", sagte er.

Mike legte die Lupe weg und sah ihn fragend an. „Schuld?"

Der Pathologe nickte. „Ja. Wörtlich heißt es-durch meine Schuld, durch meine Schuld, durch meine übergroße Schuld. Scheinbar war jemand der Meinung, dass er diese Art des Todes verdient hat."

Mike runzelte die Stirn. „Aber an dem Zettel ist er ja wohl kaum gestorben, oder?

Omar sah ihn an und nickte erneut.

„Doch, aber er hätte auch so wahrscheinlich die nächsten Stunden, maximal ein oder zwei Tage überlebt. Keine der zahlreichen Verletzungen war todesursächlich. Mit Sicherheit schmerzhaft, ja, aber sie haben, auch nicht in Kombination, zum Tod geführt. Das toxikologische Gutachten läuft ebenfalls noch, aber ich erwarte mir da keine besonderen Erkenntnisse. Jemand hat ihn verhungern lassen, ganz langsam und sukzessive. Aber am Ende starb er an diesem Zettel. Bolustod."

Omar erhob sich langsam.

„Ach und im Übrigen, der Mann hat vor seinem Tod eine ziemlich lange Zeit auf den Knieen zugebracht", sagte er.

„Das gibt es doch nicht, dass niemand diesen alten Mann vermisst", sagte Mike und sah Marianne Jäger an, die gerade sein Büro betrat.

Die Kommissarin zuckte die Schultern.

„Leider gibt es auch bei uns Gegenden, da kennt einer den anderen nicht und interessiert sich noch viel weniger dafür, was neben, über oder unter ihm passiert."

Mike schüttelte den Kopf und deutete Marianne, sich doch einen Kaffee einzuschenken. „Aber man kann nicht einen Mann mehrere Wochen gefangen halten und foltern, ohne dass das jemand merkt."

Marianne Jäger enthielt sich einer Antwort und setzte sich mit ihrem Kaffee Mike gegenüber. Dieser seufzte leise auf. Dann sah er sich die Fotos im Computer an, die Omar ihm gemailt hatte. Schließlich lehnte er sich etwas zurück.

„Dieses hier", sagte er und drehte den Bildschirm so, dass Marianne es sehen konnte. Sie nickte. „Ich denke auch, dass es als Pressefoto geeignet ist."

Er schickte es an die Pressestelle und nahm sich dann auch einen Kaffee.

„Hoffen wir, dass ihn jemand erkennt", sagte Marianne und stellte ihre leere Tasse ab.

Dann sah sie Mike an, der wortlos an seinem Kaffee nippte.

„Was ist?", fragte sie, die Hand schon auf dem Türgriff. Er schüttelte langsam den Kopf.

„Ich weiß nicht, aber diesmal habe ich so ein komisches Gefühl."

„Na endlich haben wir einen Namen", rief Kommissaranwärter Frieder Lein Mike entgegen, als dieser den Flur entlangkam. Dieser sah ihn verwirrt an.

„Welchen Namen?"

Als er Frieders enttäuschtes Gesicht sah, verstand Mike und sein Gesichtsausdruck hellte sich auf.

„Was, einen Namen für den toten alten Mann?"

Der junge Kommissaranwärter grinste breit.

„Ja, ein Nachbar hat sich gemeldet. Er heißt Sebastian Weck und sagte uns, er habe den alten Mann schon ein paar Wochen nicht mehr gesehen, aber das sei nichts Ungewöhnliches. Jedenfalls ist aber in seinem Haus regelmäßig das Licht an- und ausgegangen und auch pünktlich um 19.30 Uhr der Fernseher, wenn die Nachrichten im MDR kommen."

Inzwischen waren sie in Mikes Büro angekommen und dieser startete seinen Computer. Mit einer Geste deutete er Frieder sich zu setzen.

„Franz Wellenkamp, geboren 1922 in Weihmichl. Wo ist das?"

„Bayern, besser gesagt, Niederbayern", sagte Frieder. Mike stand wieder auf.

„Gut, dann fahren wir mal zu diesem Nachbarn und schauen uns dann das Haus von Herrn Wellenkamp an. Ich sage der Spurensicherung Bescheid, kommst du mit?"

Erfreut nickte Frieder. Meist war Mike gemeinsam mit Marianne Jäger unterwegs, daher empfand der junge Kommissaranwärter es als besondere Auszeichnung, direkt mit einem erfahrenen

Hauptkommissar vor Ort zu sein.

Das kleine Einfamilienhaus von Franz Wellenkamp stand ganz am Ende eines eher als Gasse denn als Straße zu bezeichnenden Weges am Stadtrand von Plauen auf dem Weg nach Kauschwitz.

Die beiden Wagen der Spurensicherung versperrten bereits die gesamte Zufahrt, sodass Mike auf einen Feldweg ausweichen musste.

Beim Aussteigen versank er prompt im Schlamm und betrachtete seine Schuhe, die sich sofort mit einer undefinierbaren, braunen Masse verklumpten. Auf der anderen Seite fluchte Frieder Lein, dessen neue Sneaker sich innerhalb Sekunden von weiß zu braun verfärbten.

Dann gingen sie auf den Weg und zumindest Mike versuchte, weitgehend erfolglos, im Gras die Masse abzustreifen. Karsten Windisch, der Leiter der Spurensicherung, kam ihnen grinsend entgegen. Seine Füße steckten in großen Plastiküberziehern.

„Hättet ihr eine Weile gewartet, ich wollte euch welche bringen", sagte er und deutete auf die Schuhüberzieher in seiner Hand.

Mike winkte ab.

„Wart ihr schon drin?", fragte er stattdessen, aber Karsten schüttelte den Kopf.

„Wir haben auf euch gewartet. Zumindest haben wir mal geklingelt, aber der Nachbar sagte uns schon, dass der alte Mann allein lebte. Auch keine Haustiere, also da erwartet uns zumindest dahingehend keine unangenehme Überraschung."

Sie gingen auf das kleine Haus zu, das ausgesprochen schlicht, aber gepflegt wirkte. Es hatte einen kleinen Vorgarten, der umzäunt war und von einem kurzgeschnittenen Rasen, der bis zum Eingang reichte, dominiert wurde. Während sie die Schutzkleidung überzogen, sah Mike auf den Rasen und dann Frieder und Karsten an.

„Er wurde einige Wochen gefangen gehalten. Ganz gleich ob hier oder wo anders und der Rasen ist tip top gepflegt?"

Sie öffneten die Haustür und ein abgestandener Geruch schlug ihnen förmlich entgegen.

„Mann, jemand sollte mal ein Fenster öffnen", sagte Frieder und Karsten Windisch grinste ihn an.

„Das, mein junger Freund, ist noch der netteste Geruch, der dir aus einem leerstehenden Haus entgegenkommen kann."

Die Wangen des jungen Kriminalanwärters nahmen eine auffällige Rötung an. Es war ihm sichtlich peinlich, als Greenhorn zu wirken, zumal ein anderer Mitarbeiter der Spurensicherung, der die Aussage seines Chefs gehört hatte, ebenfalls grinste.

Er tat Mike in diesem Moment schon etwas leid, denn er schätzte den jungen Mann und auch seinen Enthusiasmus in vielen Dingen.

„Karsten, mach doch mal bitte ein Fenster auf, es ist schon ganz schön heftig hier", rief er dem Leiter der Spurensicherung zu und dieser verstand. Schon kurz darauf war die Luft etwas besser.

Karsten hatte sich bereits einen Überblick verschafft.

„Also, wenn du mich fragst, zumindest hier oben wurde niemand über Wochen gefangen gehalten, schauen wir uns mal den Keller an", sagte er zu Mike und gab seinen Leuten ein Zeichen.

Nach einer Stunde hatten sie alles durchsucht, vom Boden bis zum Keller.

Franz Wellenkamp war definitiv nicht in seinem eigenen Haus gefangen gehalten worden. Das Licht sowie den Fernseher hatte, mit Sicherheit der oder die Täter, mit Zeitschaltuhren gesteuert. Während Karsten Windisch und seine Leute nun alles akribisch unter die sprichwörtliche Lupe nahmen, deutete Mike Frieder Lein, dass sie den Nachbarn befragen würden.

Dessen Grundstück lag ungefähr zweihundert Meter von dem von Franz Wellenkamp entfernt und war von einer dichten, gepflegten Ligusterhecke umgeben.

Sebastian Weck erwartete die Polizisten bereits im Vorgarten. Er war ein großer, kräftiger Mann im mittleren Alter und reichte beiden Ankommenden die Hand.

Nachdem Mike sich und Frieder vorgestellt hatte, bat er sie ins Haus. Das hatte ungefähr den gleichen Zuschnitt wie das von Franz Wellenkamp, war aber deutlich moderner eingerichtet.

Sebastian Weck ging ihnen voraus ins Wohnzimmer, dass von einem riesigen Plasmafernseher und einer schwarzen Ledercouchgarnitur, die recht neuwertig aussah, dominiert wurde. Nachdem sie Platz genommen hatten, deutete Herr Weck Mikes Blicke richtig.

„Ich lebe seit einem halben Jahr allein hier. Meine Frau ist ausgezogen, sie möchte die Scheidung. Sie hat gewartet, bis unsere jüngste Tochter auf der Uni war und damit auch das Haus verlassen hat."

Er schüttelte den Kopf, als verstände er noch immer nicht, was wohl der Grund dafür sei.

„Das tut mir leid", sagte Mike. Dann begann er auf den Grund ihres Besuchs zu kommen.

„Was können sie uns über Herrn Wellenkamp erzählen?"

Sebastian Weck holte tief Luft.

„Wissen sie, Herr Hauptkommissar, meine selige Großmutter pflegte immer zu sagen, man soll Toten nichts Schlechtes nachreden. Aber das fällt mir hier sehr schwer."

Mike hatte Mühe, sich ein Lächeln zu verkneifen.

„Dann tun sie sich bitte mal keinen Zwang an."

„Also gut. Ich bin hier in diesem Haus aufgewachsen und seitdem kenne ich Franz. Er hatte schon, seit ich denken kann, mit meinem Vater Streit. Es ging um alles Mögliche, ich kann mich an Details schon gar nicht mehr erinnern. Dann waren es später meine Kinder, die angeblich zu laut waren oder zu nahe an seinem Grundstück spielten. Wenn wir grillten, rief er auch schon mal die Feuerwehr. Einmal sind sie gleich mit zwei Löschzügen hier aufgefahren. Der letzte große Aufreger war meine Hecke. Ich wollte diesen alten Griesgram einfach nicht mehr sehen und er ist von Pontius zu Pilatus gelaufen, um mich zu zwingen, sie zurückzuschneiden. Dabei ist sie knapp zweihundert Meter von seiner Grundstücksgrenze entfernt."

Er hielt inne und sah Mike an.

„Mache ich mich damit jetzt verdächtig?"

Dieser winkte ab.

„Wenn jeder, der mit seinem Nachbarn Streit hat, diesen umbringen würde, wären die Friedhöfe bald überfüllt."

Dann sah er aus dem Fenster und wirklich, die Hecke ließ kaum einen Blick auf das Haus von Franz Wellenkamp zu.

„Ihnen ist also wirklich nichts aufgefallen?"

Sebastian Weck schüttelte den Kopf.

„Er hat auch so oft tagelang das Haus nicht verlassen und wir sind uns überhaupt selten begegnet. Ich arbeite bei der Bahn als Lokführer, das heißt, ich mache drei Schichten."

Mike nickte. Damit war dem Täter also ausreichend Zeit geblieben, den Rasen zu mähen, wenn der Nachbar zur Schicht gefahren war. Als habe Weck seine Gedanken erraten, deutete er mit dem Daumen in Richtung des Nachbaranwesens.

„Der Rasen war ja auch wie immer tip top gepflegt, also warum hätte ich mir da etwas dabei denken sollen, wenn ich den Franz nicht sehe?"

Für Mike klang das alles sehr plausibel und obwohl er am Anfang der Ermittlungen niemand vorschnell als Verdächtigen ausschloss, konnte er sich doch nur begrenzt vorstellen, dass ein, wenn auch jahrelanger, Nachbarschaftsstreit so eskalieren konnte, dass Sebastian Weck den alten Mann wochenlang hungern ließ, um ihn schließlich zu ersticken.

Er erhob sich und gab Frieder ein Zeichen.

„Danke Herr Weck. Sollte ihnen noch irgendetwas einfallen…"

„Melde ich mich, das ist doch klar", unterbrach ihn dieser und brachte die beiden Beamten hinaus.

Kapitel 4

Kate legte die Liste vor sich auf den Couchtisch und stöhnte leise. Das würde keine Hochzeit werden, sondern ein Event ungeahnten Ausmaßes.

Sie hatten kurz erwogen, ähnlich wie Jasmin und Omar, damals allerdings Virusbedingt, eine kleine Feier abzuhalten. Nur mit den engsten Freunden. Aber der Jubel ihrer Tante Sarah als sie ihr die Neuigkeit mitgeteilt hatte, veränderte alles.

„Natürlich kommen wir. Alle", hatte diese ihr via Skype zugerufen und was blieb Kate anderes übrig als zu nicken?

Nach dem Tod ihrer Eltern, die in einem der Flugzeuge gesessen hatten, die am 11. September in die Türme des World Trade Center gelenkt worden waren, hatte Kate erfahren, dass ihre Mutter adoptiert worden war. Mit Hilfe von Professor Omar Amri und seinen sehr guten Beziehungen, fand Kate ihre Tante Sarah, die Zwillingsschwester ihrer Mutter, von der diese an der Rampe im Vernichtungslager Auschwitz getrennt worden war.

So hatte Kate jetzt eine ziemlich große Familie in Israel, bei der sie im Winter zwei Monate verbracht hatte.

„Gut", murmelte sie und ergänzte. „Tante Sarah, meine drei Cousins mit ihren Ehefrauen und die Kinder, dann Mikes Mutter, seine Schwester mit Ehemann und Kindern. Ben kommt aus den Staaten, unsere Freunde und Bekannten von hier…"

Sie lehnte sich zurück. Grob war sie jetzt bei knapp 70 Personen angekommen. Sie würde sich um Hotelzimmer kümmern müssen, aber vor allen Dingen um einen entsprechend großen Saal.

In diesem Moment kam Mascha, ihre Katze hereingeschlendert, sah sie an und landete schließlich mit einem einzigen Satz auf ihrem Schoß. Sie strich ihr über das samtige Fell.

„Du kannst mir auch nicht helfen", murmelte sie und die Katze warf ihr erst einen Blick zu, der beinahe als zynisch durchgehen konnte. Dann sprang sie auf den Tisch und beschnupperte die Blätter.

„Ja, ja, schon gut", meinte Kate.

Kopfschüttelnd erhob sie sich schließlich, ging in die Küche und schob eine Tasse unter den Vollautomat. Während dieser zischend seinen Betrieb aufnahm, öffnete sie die Terrassentür. Mascha nahm die Gelegenheit beim Schopf und stob hinaus.

Kate nahm ihre inzwischen gefüllte Tasse und trat auf die Terrasse. Die Luft roch würzig nach frischer Erde und sie sah Herrn Winter, der am Gartenzaun, der ihre Grundstücke trennte, prüfend auf und ab ging.

Als er sie bemerkte, hob er grüßend die Hand und deutete ihr, zu ihm herunterzukommen.

Kate stellte ihre Kaffeetasse ab und stieg die Stufen hinunter in den Garten. Der alte Mann musterte sie und reichte ihr dann die Hand.

„Guten Morgen, Katherina, sie sehen bekümmert aus."

Sie lächelte etwas.

„Ich sitze über der Gästeliste für die Hochzeit und habe noch keine so rechte Vorstellung, wo wir überhaupt feiern. Mike ist mir auch keine echte Unterstützung. Er meinte doch tatsächlich, ich solle einen Weddingplaner hinzuziehen."

Ernst Winter lachte auf.

„Das klingt nach ihm. Aber ich denke, das bekommen wir auch so hin, oder?"

Das *wir* amüsierte Kate, aber sie schätzte Herrn Winters Ideenreichtum und er hatte schon zu Weihnachten bewiesen, dass er sehr gut organisieren konnte, als er ein wundervolles Weihnachtsmenü für ihre Familie gezaubert hatte.

Er rüttelte an dem schmiedeeisernen Zaun.

„Der müsste dringend erneuert werden. Naja, er ist ja auch schon über einhundert Jahre alt."

Kate, etwas irritiert von dem abrupten Themenwechsel, sah auf den Zaun, der teilweise durchgerostet war.

„Hm", machte sie und strich darüber. „Er ist recht hübsch. So eine Arbeit bekommt man heute nicht mehr."

Herr Winter nickte.

„Besonders die filigranen Verzierungen. Was meinen sie? Lassen wir ihn abbauen und restaurieren? Das würde sich werterhaltend auswirken."

Dann fuhr er mit der Hand durch die Luft und zeigte auf ihren Garten, der sanft in Richtung Stadtpark abfiel.

„Die Restaurierung wird ein Stück dauern. Was halten sie davon, wenn wir, sobald der Zaun abgebaut ist, hier ein großes Festzelt aufbauen lassen? Ich habe es einmal kurz überschlagen, aber über diese beiden Rasenflächen unserer Gärten hinweg müsste es für ungefähr 100 Personen reichen. Also Margarete findet die Idee gut."

Margarete König, Kates Nachbarin, war erst vor kurzer Zeit mit Ernst Winter zusammengezogen, der seinerseits sein großes Haus, das dem von Kate und Frau König gegenüberlag, erst an Omar und Jasmin vermietet und jetzt verkauft hatte, da es ihm zu groß war und er sich einsam fühlte.

Kate schaute auf die besagte Rasenfläche und nickte begeistert.

„Herr Winter, das ist eine prima Idee."

Der Angesprochene strahlte über das ganze Gesicht.

„Das weiß ich", sagte er recht unbescheiden. „Ich werde mich mit der Firma, die Festzelte verleiht und aufbaut, in Verbindung setzen. Ich kenne da jemand. Dann brauchten wir noch einen guten Catering- Service. Aber das sollte kein Problem darstellen."

Kate war immer wieder erstaunt, wie Herr Winter, der schon längst im Rentenalter war, seine früheren Verbindungen aktivieren konnte. Er kannte immer irgendjemand irgendwo.

Er rieb sich die Hände, wieder voller Tatendrang.

„Gut. Erst einen Vorkostenanschlag zwecks des Zaunes. Dann abmontieren und abholen lassen."

Er tätschelte Kate die Schulter.

„Das bekommen wir hin, keine Bange. Kümmern sie sich nur um die Einladung für die Gäste."

Damit verschwand er mit dynamischen Schritten im Haus.

Lächelnd sah Kate ihm nach, dann ging sie zurück auf die Terrasse und nahm ihren inzwischen kalt gewordenen Kaffee und trank ihn mit einem Zug leer. Es war Zeit, ins Büro aufzubrechen.

Als Kate ihr Büro an der Bahnhofstraße betrat, standen Steven und Chris gemeinsam am Tresen, während Jasmin einige Akten hin und her trug.

„Da siehst du mal, die Herren der Schöpfung plaudern und die Schwangere darf arbeiten", sagte sie zu Kate und zwinkerte ihr zu.

Trotzdem sie erst im vierten Monat war, trug sie einen gut erkennbaren Schwangerschaftsbauch vor sich her, denn es wurden Zwillinge.

Wäre es nach Omar, ihrem Mann, gegangen, würde sie bereits zu Hause sein und nur noch die Füße hochlegen, wie sie scherzhaft häufig bemerkte.

Professor Doktor Omar Amri, forensischer Pathologe und Rechtsmediziner, neigte im Falle der Schwangerschaft seiner Frau zur völligen Überreaktion und war deshalb jetzt immer öfter die Zielscheibe von Scherzen seitens seiner Freunde.

Chris Töpfer war bei Jasmins Worten beflissen aufgesprungen, um ihr zu helfen, was diese mit einem breiten Grinsen abwehrte. Kate stellte sich neben Steven, der seinen Laptop aufgeklappt hatte.

„Was gibt es denn?", fragte sie.

„Da hat doch wirklich jemand einen Toten in einer alten Gruft auf dem Friedhof 2 faktisch entsorgt."

Kate zog nur die Augenbrauen nach oben.

„Hast du dich wieder in den Polizeicomputer gehackt?"

Sie versuchte sich an einem strengen Tonfall, was ihr allerdings nur unzureichend gelang.

Stevens unschuldigem Blick konnte sie einfach nicht

widerstehen und lächelte. Dann winkte sie ab.

„Das ist dieses Mal nichts für uns."

Dann sah sie Chris an. „In zwanzig Minuten habe ich ein neues Personalgespräch, Security. Wir müssen ja dringend aufstocken. Ich möchte, dass du mit dabei bist."

Chris sah auf und errötete leicht. „Was ich? Ja…ja gern", stammelte er.

Kate winkte Jasmin heran. „Kommst du mal bitte mit in mein Büro und du auch, Chris? Steven, es dauert nicht lange."

Dieser nickte und vertiefte sich wieder in seinen Laptop. Nachdem Jasmin und Chris eingetreten waren, schloss Kate die Tür und deutete auf die gemütliche Sitzecke. Sie nahm ebenfalls Platz.

„Nun, ich denke, wir können es kurz machen", sagte sie. „Jasmin wird in absehbarer Zeit in vorgezogenen Mutterschaftsurlaub gehen und wenn die beiden Racker auf der Welt sind, auch drei Jahre zu Hause bleiben."

Jasmin nickte. „Wenn es nach Omar ginge, am besten bis zu Volljährigkeit der beiden. Aber ich möchte nach drei Jahren schon wieder, wenn vielleicht auch nur stundenweise, wieder etwas tun."

Kate sah Chris an. „Durch dein Studium, das du ja fast fertig hast und auch, wie schnell du dich in unser Team integriert hast, denke ich, es ist wirklich Perlen vor die Säue geschmissen, dich am Empfang faktisch zu unterfordern. Kurzum, könntest du es dir vorstellen, Jasmins Stelle als stellvertretender

Geschäftsführer zu besetzen? Ich denke, und da spreche ich auch im Namen des Teams, es ist einfacher jemand Neues für den Empfang zu finden als eine fähige Kraft für diesen Posten. Also?"

Sie sah Chris an, der wie vom Donner gerührt schien. Dann sah er abwechselnd von Kate zu Jasmin als befürchte er, das könne nur ein Scherz sein und die beiden würden gleich anfangen schallend zu lachen. Schließlich atmete er hörbar ein und sagte dann:

„Gut, ja, ich würde es mir zutrauen. Also, wenn mich Jasmin gut einarbeitet?"

Diese nickte. „Ich denke, das meiste weißt du schon, und solange ich noch da bin, tauschen wir einfach sukzessive die Plätze, okay?"

„Okay", sagte er und Kate erhob sich.

„Gut, das wäre geklärt. Zwecks Büro und so, das klärt ihr beide bitte untereinander, ich ändere dann deinen Arbeitsvertrag und die Gehaltsklasse. Und wenn du jemand Fähigen für den Empfang finden würdest, wäre das prima, denn wie gesagt, Jasmin ist faktisch auf Abruf."

Sie zwinkerte dieser zu.

Kapitel 5

„Kate, vorn ist jemand für dich, ich vermute ein Kunde. ", sagte Chris Töpfer, nachdem er ihr Büro betreten hatte.

Sie sah auf. „Hat er gesagt was er konkret möchte?" Der junge Mann schüttelte den Kopf.

„Nein, er hat lediglich explizit nach dir gefragt. Sein Name ist Baumann, Horst Baumann."

Sie runzelte leicht die Stirn.

„Sagt mir nichts", murmelte sie, nickte Chris aber zu und erhob sich.

„Ich komme mit vor", sagte sie.

Der Mann, der am Empfangstresen stand, war ungefähr 65 Jahre alt, mittelgroß und im Wesentlichen das, was man unscheinbar nennen würde. Das dünne, schüttere Haar hatte eine undefinierbare Farbe und war über eine beginnende Glatze gekämmt. Er trug eine unmodische Hornbrille mit sehr starken Gläsern, hinter denen die Augen unnatürlich groß wirkten.

Als Kate mit Chris aus ihrem Büro kam, fixierte er sie ungeniert von oben bis unten, dann reichte er ihr eine Hand, die so kalt und feucht war, dass sie nur mit Mühe dem Reflex widerstand, sie an ihrer Hose abzuwischen.

„Herr Baumann?", fragte sie nach und er nickte.

Sie deutete auf ihr Büro und folgte ihm.

Nachdem sie an dem kleinen Tisch Platz genommen hatten, lächelte sie ihn an.

„Wie kann ich ihnen helfen?"

„Ich werde verfolgt", sagte er mit rauer Stimme.

Kate sah ihn an und als er nicht weitersprach, zog sie leicht die Augenbrauen nach oben.

„Etwas näher müssen sie mir das schon erläutern, Herr Baumann."

Er sah sie irritiert an, aber dann nickte er.

„Naja, da lungert so ein Kerl immer in der Nähe meiner Wohnung herum. Ich habe ihn auch schon mehrfach in dem Supermarkt gesehen, in dem ich einkaufe."

Wieder schwieg er und innerlich seufzte Kate auf.

„Wie sieht der Mann denn aus?"

Horst Baumann zuckte die Schultern.

„Größer als ich, so Mitte bis Ende Dreißig. Schlank, meist dunkel gekleidet, Jeans, Lederjacke. Dunkelblonde Haare, so halblang, wie es mal in den 70-ziger Jahren modern war, Vollbart, irgendwie Hippiemäßig."

Kate notierte es sich.

„Das ist doch schon mal etwas. Und jetzt sagen sie mir bitte, warum sie glauben, dass er ausgerechnet sie beobachtet?"

Der Mann sah sie an, als sei sie schwer von Begriff.

„Weil er öfter vor dem Haus steht?"

Kate räusperte sich etwas.

„Sie haben mir gesagt, dass sie in der Trockentalstraße wohnen. Da dort keine Einfamilienhäuser sind, ist doch anzunehmen, dass noch mehr Leute in dem Haus leben, oder? Könnte er nicht auch jemand anderen beobachten?"

Der Mann sah sie angriffslustig an.

„Jetzt hören sie mal. Ich bilde mir das alles nicht ein. Aber wenn sie kein Interesse haben, dann lassen sie es."

Er stand auf und Kate sah, wie er seine Hände zu Fäusten geballt hatte. Seine Augen funkelten vor unterdrückter Wut.

„Herr Baumann…", versuchte sie es noch einmal, als dieser bereits in Richtung Ausgang stürmte.

„Blöde Kuh", hörte sie noch, dann knallte die Tür ins Schloss.

Sie trat in den Flur und sah zu Chris, der entgeistert hinter dem Davonstürmenden hersah.

„Was war das denn?", fragte er und Kate lachte.

„Der nette Herr eben war wohl mit meiner Art der Dienstleistung nicht zufrieden."

Sie winkte ab und lehnte sich über den Tresen.

„Im Übrigen war er mir auch nicht eben sympatisch. So und was gibt es heute noch erfreulicheres?"

„Also ich finde die Idee von Herrn Winter toll", sagte Mike und spießte eine Frühlingsrolle an, um sie auf seinem Teller abzulegen. Kate sah ihm sinnend dabei zu.

Schließlich nickte sie langsam. „Ja, die Idee hat schon etwas", sagte sie und Mike sah auf.

„Sag mal, was ist los?"

Kate lehnte sich zurück.

„Es ist einfach alles bisschen viel zurzeit, diese ganze Hochzeitsplanung und im Büro…" Sie winkte ab und verstummte.

Mike ließ die Frühlingsrolle unbeachtet auf dem Teller liegen und lehnte sich auch zurück. „Also, wir könnten immer noch…"

Kate schüttelte den Kopf. „Könnten wir nicht."

Er grinste. „Doch, einfach nach Las Vegas durchbrennen und dort heiraten?"

Jetzt musste auch Kate lachen.

„Träum weiter. Nein, da müssen wir jetzt durch. Unsere Hochzeit wird so etwas wie das Event des Jahres, zumindest was die Gästezahl angeht."

Aber ihre Laune war jetzt schon wieder besser.

„Kann ich dir noch irgendetwas abnehmen?", fragte Mike und widmete sich wieder seiner Frühlingsrolle.

Noch ehe sie antworten konnte, klingelte sein Dienstsmartphon. Kate legte den Kopf etwas zur Seite.

„So viel zum Thema, du nimmst mir etwas ab."

Er zuckte entschuldigend die Schultern und ging ran. Eine Weile hörte er schweigend zu.

Kate hörte die dröhnende Stimme von Omar, scheinbar war er bereits am Tatort eingetroffen.

Schließlich sagte Mike: „Gut, dann komme ich sofort."

Er nahm das letzte Stück seiner Frühlingsrolle.

Kate stand auf.

„Ich stelle dir noch etwas warm, sicher wird es spät."

Er nickte. „Omar ist schon vor Ort."

„Das war kaum zu überhören", rief Kate aus der Küche. Dann trat sie wieder in den Flur. „Ein Toter?"

Mike nickte. „Omar hatte irgendwie ein seltsames
Gefühl und hat diesmal gleich vor Ort in den Hals
geschaut. Wieder ein Zettel mit der Nachricht mea
culpa, mea culpa, mea maxima culpa."

Kate lehnte sich an die Wand. „Glaubst du an religiös
motivierte Morde? Dann scheint es ja wieder eine Serie zu werden. Auch ein alter Mann?"

Mike schüttelte den Kopf. „Nein, dieses Mal ist er
jünger und wir haben sogar einen Namen."

Er sah auf die Nachricht, die eben eingegangen war.

„Horst Baumann, 64 Jahre, wohnhaft…"

„Trockentalstraße", unterbrach ihn Kate, worauf hin
Mike sie anstarrte.

„Woher weißt du das?"

Kate nahm ihre Lederjacke von der Garderobe.

„Horst Baumann hat sich verfolgt gefühlt. Er war vor
einer Woche bei mir im Büro. Ich komme mit."

Ohne abzuwarten, ging Kate in Richtung Garage.

Achselzuckend folgte ihr Mike.

Der Tatort lag in der Südvorstadt, auf einem Gebiet, das als Galgenberg bezeichnet wurde.

„Na das ist ja mal makaber, erst ein Toter in einer Gruft und jetzt ein Toter auf einer ehemaligen Hinrichtungsstätte", sagte Mike, nachdem er, mit Kate im Schlepptau den Anstieg unter der Flutbeleuchtung der Spurensicherung bewältigt hatte.

Unten war bereits alles weiträumig abgesperrt und die sich inzwischen zahlreichend eingefundenen Schaulustigen konnten nicht sehen, außer die Mitarbeiter der Spurensicherung, die unter der Leitung von Karsten Windisch wie Aliens umherhuschten. Dazwischen stand, wie ein Fels in der Brandung, Professor Omar Amri und kommandierte mit lauter Stimme die Spurensicherung hinsichtlich der Tatortfotos herum.

„Na der ist heute wirklich wieder in Vollform", murmelte Karsten Windisch und gab Mike und auch, ohne nur eine Sekunde zu zögern, Kate einen Schutzoverall. Nachdem sie ihn angezogen hatten, konnten sie das Areal betreten. Omar sah auf und winkte sie heran.

„Hallo Kate", sagte er, da er Mike schon am Vormittag gesehen hatte und deutete dann auf den inzwischen bedeckten Leichnam.

„Kein sehr schöner Anblick, das sage ich euch gleich."

Dann zog er die Abdeckung zurück und unwillkürlich stieß Mike einen Ton aus, der seine Betroffenheit zum Ausdruck brachte.

Kate sah in das seitlich auf dem Boden liegende Gesicht und nickte. „Er ist es", sagte sie.

Schließlich sah auch sie an dem Toten herunter und die herabgelassene Hose sowie den Griff eines Gegenstandes, der aus dessen Rektum ragte.

Mike hatte sich wieder gefasst und ging langsam um den Leichnam herum. Dann deutete er nach unten. „Was ist das?", fragte er.

Omar nahm eine Taschenlampe und leuchtete direkt auf das blasse Gesäß des Toten.

„Auf den ersten Blick würde ich sagen, das, was wir hier noch sehen, ist der Knauf eines kleinen Schirms, auch Knirps genannt."

Dann deutete er hinüber zu einem Klapptisch, der unter einem Lichtstrahler aufgestellt war.

„Der Zettel aus dem Hals. Ich habe ihn gleich hier herausgezogen und in einen Asservatenbeutel gesteckt. Wie ich dir schon am Telefon sagte, wieder das Gleiche- *mea culpa, mea culpa, mea maxima culpa.*"

Dann trat er wieder zu dem Toten. Er sah zu Karsten Windisch. „Habt ihr die Aufnahmen?"

Dieser nickte ihm stumm zu.

„Gut", sagte Omar, bückte sich und zog vorsichtig die Hosenbeine des Mannes nach oben. „Schau mal."

Er leuchtete mit der Taschenlampe nacheinander auf die Knie. Die Abdrücke waren deutlich zu erkennen.

„Also hat auch er gekniet", sagte Mike.

Omar nickte und deckte den Toten wieder ab.

„Wenn du nichts mehr sehen willst hier vor Ort, könnte er ins Institut gebracht werden. Ich mache mich dann gleich an die Autopsie."

Mike nickte und trat zurück. Dann sah Omar zu Kate.

„Bist du nur der Begleitschutz, oder hat es eine Bedeutung das du hier bist?"

Sie neigte den Kopf in Richtung des Toten.

„Er war vorige Woche bei mir im Büro, weil er sich verfolgt fühlte. Allerdings ist er ziemlich schnell wieder aufgebrochen."

Mike, der noch ein paar Worte mit Karsten Windisch gewechselt hatte, kam wieder zu ihnen.

„Zumindest haben wir eine einigermaßen gute Beschreibung des Mannes, der ihn verfolgt hat", sagte er.

Als Omar fragend die Augenbrauen nach oben zog, nickte Mike zu Kate hin.

„Herr Baumann hat ihr eine relativ gute Beschreibung gegeben."

Marianne Jäger kam mit einer alten Kladde in Mikes Büro gestürmt, wo dieser gerade mit Frieder Lein Kates Protokoll aufnahm.

„Ich wusste doch, dass bei dieser Geschichte irgendwas bei mir geklingelt hat", sagte Marianne und reichte Kate die Hand. Dabei wedelte sie mit dem grauen Ordner.

„Ein Cold Case. 1975 wurde auf dem Galgenberg ein sechzehnjähriges Mädchen vergewaltigt. Sie ist an den Folgen im Krankenhaus gestorben. Und dabei hat genau so ein Knirps eine Rolle gespielt."

Mike hatte sich zurückgelehnt und sah Marianne an.

„Lass mich raten. Der Täter wurde damals nicht gefasst?"

Sie nickte. „Gibt es DNA?" Wieder nickte sie.

„Die Kleidungsstücke existieren noch."

Kate sah von ihr zu Mike.

„Dann sieht es fast so aus, als habe jemand den Täter von damals ausfindig gemacht und auf die gleiche Weise umgebracht."

Mike fuhr sich mit beiden Händen durch die Haare.

„Dazu passt der Zettel mit dem Schuldeingeständnis. Aber warum Franz Wellenkamp?"

Kate zuckte die Schultern. „Da scheint jemand auf dem Rachefeldzug zu sein."

Sie hörte Mikes Stöhnen und wusste, was es zu bedeuten hatte. Es gab tatsächlich wieder eine Serie.

„Eigentlich dürfte ich dich gar nicht mit hier hernehmen, aber ich denke, dass dir vielleicht etwas auffällt, was uns entgangen ist."

Mike stieg aus dem Auto und ging auf das Haus von Franz Wellenkamp zu.

Kate folgte ihm und unterdrückte dabei ein Lächeln.

Natürlich hatte Mike recht. Sie als Zivilistin hatte an einem Tatort, auch wenn er spurentechnisch freigegeben war, nichts zu suchen.

Aber Erstens hatte man Franz Wellenkamp hier weder gefangen gehalten noch umgebracht und Zweitens hielt Mike eine Menge von ihrer Fähigkeit als ehemalige FBI-Agentin Dinge zu bemerken, die anderen oft auf den ersten Blick verborgen blieben.

Aber natürlich musste er sich wegen dieses Dienstvergehens rechtfertigen und sei es vor sich selbst.

Sie betraten das Haus und Mike blieb im Flur stehen. Er wusste, dass sich Kate erst in Ruhe und vor allen Dingen allein umsehen wollte. Also ließ er sie gewähren.

Sie nahm sich erst das Wohnzimmer, dann die Küche und schließlich dann oben das Schlafzimmer und den Speicher vor. Schließlich deutete sie nach draußen, denn die Luft im Haus war modrig-muffig.

Sie setzte sich auf die kleine Bank, die direkt neben der Haustür stand in die angenehm warme Sonne und deutete Mike, sich neben sie zu setzen.

„Ist euch aufgefallen, dass Franz Wellenkamp ein Phantom zu sein scheint? Im ganzen Haus kein einziges Bild, weder von ihm noch von seiner Familie.

Kein Fotoalbum, nichts. Alles alt und abgewohnt, aber geradezu akribig geordnet. War er einmal verheiratet?"

Mike schüttelte den Kopf.

„Nein, wir haben jedenfalls keine Papiere gefunden und auch sein Nachbar hat nichts gesagt."

Mike nahm sein Tablet aus der Tasche.

„Franz Wellenkamp ist am 14. August 1922 in Weihmichl, Niederbayern, geboren. Er lernte mit 14 Jahren Schreiner, arbeitete bis 1942 in dem Beruf und wurde dann in die Wehrmacht eingezogen. 1945 kam er dann hier her nach Plauen, arbeitete bei der Kranken- und Rentenkasse bis zu seiner Berentung. Das Haus hat er einer alten Frau abgekauft. Er ist hier gleich nach dem Krieg eingezogen. Sie muss kurz darauf gestorben sein, da hatte er einfach Glück, ich meine, nach dem Krieg war Wohnraum knapp und obwohl es ein relativ kleines Haus ist, ist doch einiges an Grund und Boden dazu. Laut seinem Nachbarn hat er wohl früher auch ein paar Hühner und Hasen zur Selbstversorgung gehalten. Aber als die Versorgungslage besser wurde hat er schnell alles abgeschafft."

Kate erhob sich und sah sich noch etwas um. Sie deutete auf einen kleinen Schuppen am Ende der Wiese.

„Lass uns den noch einmal anschauen. Was ist eigentlich mit dem Keller?"

Mike schüttelte den Kopf.

„Sehr klein, nur Kohlen und etwas Holz sowie eine Kartoffelkiste."

Er steckte sein Tablet wieder ein und folgte Kate, die

den Schuppen bereits erreicht hatte.

Er war so gut wie leer, nur ein altersschwacher Rasenmäher stand darin und ein paar Gartengeräte.

Die zahlreichen, sichtlich alten Regale waren leer bis auf zwei Farbdosen.

Stirnrunzelnd schloss Kate die Tür.

Als sie mit Mike zurückging, sah dieser sie von der Seite an.

„Was denkst du?", fragte er nach einer Weile, als er ihre Miene sah.

Sie blieb stehen.

„Der Mann war Schreiner. Er hat überhaupt kein Werkzeug, nichts. Das ist seltsam, selbst wenn er nicht mehr in seinem Beruf gearbeitet hat, die meisten gelernten Handwerker bleiben ihrer Leidenschaft zumindest im Hobby treu. Ihr solltet euch mal in diesem Weihmichl erkundigen, ob es noch Angehörige gibt."

Als sie weiter in Richtung Auto ging, merkte sie, dass Mike ihr nicht folgte.

Sie blieb stehen und sah ihn an.

„Was denkst du?", fragte er wieder und sie seufzte.

„Also gut. Ich denke, Franz Wellenkamp war nicht der, der er vorgab zu sein. Vielleicht liegt da das Rätsel zu seinem Tod."

Mike folgte ihr. Als er das Auto öffnete, sah er nochmals über das Dach zu Kate, die gerade einsteigen wollte.

„Und wie passt der Mord an Horst Baumann dazu?"

Kate stützte sich auf die Wagentür.

„Wie ich schon sagte, hier ist jemand auf einem Rachefeldzug. Ihr müsst jetzt herausfinden was Franz
Wellenkamps *mea maxima culpa* war."

Mike war völlig frustriert.

Die Gespräche mit den Mietern in dem Haus, in dem Horst Baumann gewohnt hatte, waren nicht nur unbefriedigend ausgefallen, sie waren völlig umsonst gewesen. In dem Mehrfamilienhaus an der Trockentalstraße wohnten insgesamt, inklusive Baumann, acht Mietparteien.

Davon sechs Familien aus Rumänien und Russland, die scheinbar kein Deutsch verstanden oder verstehen wollten und ein jüngerer Mann, der Mike und Frieder Lein mit den Worten „Fickt euch, Bullen", die Tür vor der Nase zugeschlagen hatte.

Dabei hatten sie nach einer gründlichen Durchsuchung von Baumanns Wohnung zum einen festgestellt, dass dieser für einen Erwerbsunfähigkeitsrentner zwar in einem ziemlich heruntergekommenen Haus lebte, aber hinter der Wohnungstür geradezu luxuriös eingerichtet war und über eine ansehnliche Menge an Bargeld, sorgfältig versteckt, verfügte.

Was aber Mike und Frieder mehr interessiert hatte, war jener ominöse Mann, von dem sich Baumann scheinbar beobachtet gefühlt hatte.

Dazu hatten sie keinerlei Auskünfte erhalten.

„Und wenn wir sie alle vorladen lassen?", fragte Frieder mit einem Blick auf die bröckelige Fassade, während sie in Richtung Ludwig- Richter-Straße liefen, wo sie ihr Auto geparkt hatten.

Dem jungen Kriminalanwärter war anzumerken, dass auch er ziemlich frustriert war.

Mike lachte kurz auf.

„Das würde aber den Staatsanwalt sehr erfreuen. Im Übrigen würden sie uns dort genau so wenig sagen wie jetzt."

Er stieg ein und startete den Motor.

„Lass uns Feierabend machen", sagte er schließlich.

Dann fuhr er erst Frieder nach Hause. Nachdem er diesen im Mammengebiet abgesetzt hatte, rief er Kate an.

„Bist du noch im Büro?", fragte er.

„Ja und du solltest auch herkommen. Ich glaube, wir haben eine Spur im Fall Franz Wellenkamp."

Mike legte auf und brauste in Richtung Bahnhofstraße.

Kapitel 5

Kate saß mit Steven Neubauer in ihrem Büro und dieser hatte seinen allgegenwärtigen Laptop vor sich aufgebaut. Er begrüßte Mike bei dessen Eintreten mit einem kurzen Kopfnicken und wandte sich sofort wieder seinem Bildschirm zu, während Kate Mike umarmte. Dieser gab ihr einen Kuss und sah dann zu Steven.

„Was gibt es?"

Kate deutete auf einen Stuhl. „Setz dich."

Dann nickte sie Steven zu. Dieser deutete auf seinen Bildschirm.

„Wusstest du, dass die Gruft, in dem man Franz Wellenkamp gefunden hat, der jüdischen Kaufmannsfamilie Blay gehört hat?"

Mike zuckte leicht die Schultern. „Ja und?"

„Die Familie galt als assimilierte Juden. Levi Blay kam in den 1880ziger Jahren hier her nach Plauen und gründete eine Textilfabrik. Sein Sohn Robert übernahm sie später und expandierte gewaltig in den 1910- er Jahren. Er hat auch diese Gruft in Auftrag gegeben, als sein Vater 1912 starb. Robert Blay, seine Frau und die beiden Kinder emigrierten 1935 in die USA, sein Bruder Karl blieb noch hier und verwaltete den Familienbesitz. Nach der Enteignung durch die Nazis floh er mit seiner Familie nach Holland und wollte von dort zu seinem Bruder in die Staaten. Für seine Frau und seine Söhne bekam er noch einen Platz auf dem Schiff, er wollte mit einem späteren nachkommen. Er hat es nicht mehr geschafft. Man hat ihn verhaftet und letztendlich nach Auschwitz deportiert."

Mike warf Kate einen Blick zu, die schweigend neben ihm saß. Er wusste, dass sie in diesem Moment an ihre Mutter, ihre Tante und ihre Großmutter dachte, die man an der Rampe in Auschwitz voneinander getrennt hatte.

„Wir denken, dass Franz Wellenkamp irgendetwas damit zu tun hatte, denn das würde das Verbindungsglied zum Fall Horst Baumann sein."

Mike nickte langsam. „Du meinst, das ist Wellenkamps mea maxima culpa?", sagte er, anknüpfend an ihr Gespräch vor Wellenkamps Haus.

Sie zuckte die Schultern. „Aber wie wollen wir es herausbekommen? Im Übrigen, wie war dein Gespräch mit den Leuten aus Baumanns Haus?"

Mike winkte ab. „Neben einer handfesten Beleidigung nur nicht Deutsch sprechende Rumänen und Russen. Ich denke, dass sie mich schon einigermaßen verstanden haben, aber nicht mit mir sprechen wollten. Sie trauen der Polizei nicht."

„Kann man ihnen auch nicht immer verdenken, oder?", murmelte Steven, was ihm einen Blick von Mike einbrachte.

Aber schließlich lächelte dieser.

„Danke, Steven, also nicht für deine Meinung über die Polizei, sondern über die Recherche. Ich werde sie mit in unsere Beratung nehmen."

Steven grinste.

„Ich schicke dir alles per Mail", sagte er und erhob sich. „Schönen Abend noch euch beiden."

Mike sah Kate an. „Machen wir auch Feierabend?"

Sie nickte und stand auf. „Auf alle Fälle und weißt du was, wir gehen jetzt richtig schön essen."

„Katherina, das ist aber eine Überraschung. Ich dachte, wir haben den Termin für das Traugespräch schon vereinbart? Oder haben sie noch Fragen?" Pfarrer Bromsig streckte ihr seine Hände entgegen und als Kate sie ergriff, spürte sie, wie dünn und kalt sie waren. Ihr fiel ein, dass der inzwischen emeritierte Pfarrer weit über die 80 sein musste, was man angesichts seiner blitzenden grauen Augen vergaß. Er half noch immer wo er konnte in der Gemeinde aus und so wusste Kate, dass er donnerstags im Gemeindesaal die Zusammenkunft einer Gruppe von pflegenden Angehörigen leitete. Diese hatten sich bereits verabschiedet und auch Pfarrer Bromsig wollte, nach den letzten Aufräumarbeiten, nach Hause gehen. Aber jetzt deutete er an einen Tisch.

„Wollen wir uns setzen?"

Kate nickte und folgte ihm. „Ich hoffe, ich halte sie nicht zu lange auf?", sagte sie, nachdem sie Platz genommen hatte.

Der alte Herr zwinkerte ihr zu. „Wenn ich eins derzeit reichlich habe, dann ist das Zeit."

Kate beugte sich etwas nach vorn und holte tief Luft. „Es geht nicht um unsere Trauung, Herr Pfarrer, ich habe ein anderes Problem."

Er sah sie erstaunt an, nickte dann aber.

„Ihnen muss ich nicht sagen, Herr Pfarrer, dass ich sie bitte, dass alles, über das wir jetzt sprechen, in diesem Raum bleibt. Ich brauche dringend ihren Rat."

Er nickte ernst. Sie umriss den bisherigen Fall, der

Fund Franz Wellenkamps in der Gruft des Arboretums und der Tod von Horst Baumann auf dem Galgenberg sowie die Umstände, dass beide diesen Zettel tief im Hals stecken hatten und die aufgeschürften Kniee.

Pfarrer Bromsig hatte den Kopf gesenkt, während er Kate zuhörte. Schließlich beendete sie ihre Ausführungen mit einer Frage: „Was glauben sie als Pfarrer, was geht in diesem Menschen vor?"

Der Geistliche sah sie an und sie bemerkte die Betroffenheit in seinem Blick. „Diese beiden Männer haben schwere Schuld auf sich geladen."

Kate nickte. „Zumindest bei Horst Baumann wissen wir es inzwischen definitiv. Er hat die damals sechzehnjährige Veronika Schellmann vergewaltigt. Sie starb zwei Tage später an ihren massiven inneren Verletzungen. Für die Polizei war es ein Cold Case, Baumann selbst galt nie als Verdächtiger."

Pfarrer Bromsig erhob sich und ging in die kleine Küche. Er kam mit zwei Gläsern zurück und einer Flasche Mineralwasser. Nachdem er beiden eingeschenkt hatte, nahm er wieder Platz.

„Und dieser Franz Wellenkamp?"

Kate zuckte die Schultern. „Da ist die Polizei noch dran. Mein Mitarbeiter hat die Verbindung hergestellt, dass er im Grab einer bekannten Plauener jüdischen Kaufmannsfamilie gefunden wurde. Allerdings wird es noch überprüft."

Pfarrer Bromsig nahm einen Schluck aus seinem Glas und stellte es langsam zurück. Dann sah er Kate an.

„Dieser Mann, und ich nehme an, ihr denkt alle an einen männlichen Täter, wollte, dass die Täter und das sind sie in seinen Augen, bereuen. Sie sollten ihre Taten bekennen und bereuen. Die Grundlage für eine Absolution. Dazu hat er sie knien lassen, als Bußübung. Scheinbar haben sie nicht bereut oder, in seinen Augen, nicht intensiv genug. Er hat sie so sterben lassen wie ihre Opfer. Aber dazu hat er ihnen ihr Schuldbekenntnis in den Rachen geschoben. Sie damit stumm gemacht, weil sie sich geweigert haben zu beichten und zu bereuen."

Er hielt inne und sah Kate eindringlich an.

„Ich weiß, was sie denken, Katherina. Es war jemand von uns."

Damit deutete er mit einer Geste nach rechts, wo sich draußen die Herz-Jesu-Kirche befand.

Kate schüttelte den Kopf.

„Nein, ich denke eher, es ist jemand, der sich von der Kirche entfernt hat. Vielleicht ist sie ihm nicht streng genug, gerade im Umgang mit Sündern."

Sie merkte eine sichtbare Erleichterung in seinem Blick. Kate verstand ihn. Immerhin gab es schon genügend Anschuldigungen an die katholische Kirche im Allgemeinen.

Trotzdem sah Kate den Pfarrer eindringlich an.

„Würde ihnen dazu jemand einfallen?"

Er hielt ihrem Blick kurz stand, dann senkte er etwas den Kopf.

„Nein", sagte er. „Und falls er sich nicht unter dem Siegel der Beichte mir anvertraut hätte, würde ich es

ihnen ohne Zögern sagen, wenn ich einen gerechtfer-
tigten Verdacht hätte."

Kate nickte. Auch wenn sie sich sicher war, dass Pfarrer Bromsig ihr etwas verschwieg, wusste sie, dass er
es ihr nicht sagen würde, wenn es gegen sein Gewissen war. Schließlich erhob sie sich.

„Danke, Herr Pfarrer. Es ist wirklich wie verhext.
Horst Baumann war kurz vor seinem Tod bei mir,
weil er sich verfolgt fühlte. Er konnte den Mann sogar beschreiben. Allerdings, dass muss ich gestehen,
hab ich ihn nicht recht ernst genommen. Tja."

Sie zuckte die Schultern. Der Pfarrer sah sie an.

„Sie machen sich jetzt Vorwürfe, nicht wahr? Aber
mit Sicherheit hätten auch sie nicht seinen Tod ver-
hindern können, denn er hätte sich ihnen kaum anvertraut."

Kate hob etwas die Hände.

„Sie haben recht. In dem Haus, in dem er wohnte,
hätte ja auch ein anderer beobachtet werden können."

„Aber dann gibt es doch sicher weitere Zeugen?",
fragte Pfarrer Bromsig, der mit Kate inzwischen an
der Eingangstür angekommen war. Während er die
Tür verschloss, sah Kate, dass außer ihrem Auto kein
weiteres auf dem kleinen Parkplatz stand.

„Sind sie zu Fuß? Ich kann sie gern mitnehmen."

Der Pfarrer winkte ab.

„So ein abendlicher Spaziergang tut mir ganz gut,
auch wenn die Beine nicht mehr so wollen. Aber ich
habe ja meinen Wanderstock."

Er zog den massiven Stock aus einer Ecke neben der Tür. Kate lächelte.

„Also gut, aber das Angebot steht", sagte sie. „Ich fahre jetzt noch mal in die Trockentalstraße. Mike, also Hauptkommissar Köhler, hatte nicht so viel Erfolg dort. Es wohnen in dem Haus meist nur Rumänen oder Russen und die wollten oder konnten oder beides, nicht mit ihm sprechen. Ich habe noch ein paar Russischkenntnisse und bin vor allen Dingen nicht von der Polizei. Vielleicht habe ich mehr Glück."

Sie schloss ihr Auto auf, als der Pfarrer an die Beifahrertür trat.

„Können sie auch Rumänisch, Katherina?"

Sie schüttelte den Kopf. Mit einem spitzbübischen Lächeln öffnete er zu Kates Erstaunen die Beifahrertür und ließ sich auf den Sitz fallen, den dicken Wanderstock noch fest in der Hand. Kate nahm auf dem Fahrersitz Platz und startete den Motor.

„Also dann, lassen sie uns fahren", sagte der Pfarrer ungeduldig und legte sich den Sicherheitsgurt um. Achselzuckend kam Kate dem nach.

Als sie in die Richard-Hoffmann-Straße einbog, deutete der Pfarrer mit dem Knauf seines Stockes in Richtung Dittrichplatz. „Zur Trockentalstraße geht's da lang." Auf Kates erstaunten Blick sagte er: „Sie wissen es scheinbar nicht mehr, Katherina, aber ich war in meinen jüngeren Jahren für einige Zeit in Siebenbürgen und spreche recht passabel rumänisch. Ich helfe also gern."

Die Rumänischkenntnisse von Pfarrer Bromsig erwiesen sich wirklich als ein Segen, denn bereits die erste Familie reagierte durchaus aufgeschlossen und nachdem geklärt war, dass ihr Gesprächspartner ein katholischer Geistlicher war, rannte schon jemand in die nächste Etage, um die anderen Mieter zu benachrichtigen und der Pfarrer sowie Kate wurden in die Wohnung gebeten und schnellstens mit Tee und allerlei Gebäck bewirtet.

Nachdem dem Gebot der Gastfreundschaft Genüge getan war, kam Pfarrer Bromsig zu Sache und fragte alle Anwesenden, deren Zahl sich inzwischen verdreifacht hatte, nach Horst Baumann.

Obwohl Kate kein Wort verstand, registrierte sie doch bei Erwähnung des Namens eine allgemeine Betroffenheit, aber nicht über den Tod des Mannes, sondern scheinbar zu seiner Person.

Pfarrer Bromsig hörte den einzelnen Ausführungen geduldig zu, um schließlich Kate den Plot zu übersetzen. Horst Baumann sei bei den Mitbewohnern nicht sonderlich beliebt gewesen, zumal er sich besonders den Frauen gegenüber nicht nur respektlos, sondern auch anzüglich benahm. Außerdem habe er irgendwelche dunklen Geschäfte gemacht. Welche, das sagte allerdings keiner der Anwesenden.

Kate nickte und sagte schließlich: „Bitte fragen sie sie, ob sie einen Mann bemerkt haben, der Baumann beobachtete. Er müsste so um die Vierzig und dunkelblond mit einem Vollbart gewesen sein."

Der Pfarrer übersetzte und wieder kamen einige

Antworten und aus dem Nicken schloss Kate, dass der Mann durchaus nicht unbeobachtet geblieben war.

„Ja", übersetzte der Geistliche. „Sie haben ihn einige Male auf der gegenüberliegenden Seite gesehen."

„Gut, vielleicht reicht es für ein Phantombild."

Nachdem auch das der Pfarrer übersetzt hatte, schlug die Stimmung um. Misstrauische Blick trafen sie.

„Nix Polizei", sagte unmissverständlich einer der älteren Männer in ihre Richtung und erläuterte es dann, deutlich respektvoller, in Pfarrer Bromsigs Richtung.

Dieser nickte und klopfte dem Mann, der sichtlich erregt war, verständnisvoll auf die Schulter.

„Da ist nichts zu machen, Katherina. Sie wollen keinesfalls eine Aussage bei der Polizei."

Kate erhob sich und der Pfarrer ebenso.

Das war zwar nicht gerade erfreulich und Kate hatte sich, besonders nach dem netten Empfang hier, mehr erhofft, aber nicht zu ändern.

Nachdem sie im Hausflur angekommen waren und unter lauten Worten verabschiedet wurden, flog gegenüber eine Tür auf und ein Mann Ende Dreißig erschien, nur in Shorts und Shirt im Flur.

„He, was is`n das für ein Krach? Ist der Alte da wieder einer aus eurer Großfamilie, oder wie?", lallte er und eine kräftige Alkoholfahne, kombiniert mit einem Duft von Haschisch, wehte Kate entgegen.

Einer der älteren Männer schüttelte missbilligend den Kopf. „Nein, ist Herr Pfarrer…"

Ein deutlicher Rülpser ertönte.

„Erst die Bullen, jetzt ein Pfaffe, was kommt denn noch alles?"

Er schwankte auf Pfarrer Bromsig zu und griff nach dessen Stock.

„Finger weg", sagte Kate und stellte sich in den Weg.

Der Mann, nach dem Wohnungsschild Sven Neubert, starrte Kate an und lachte dann.

„Und du, bist wohl die Haushälterin, oder was?"

Er griff wieder in Richtung des Geistlichen, der keinen Schritt zurückwich.

„Hören sie…", begann dieser mit seiner ruhigen Stimme, aber sein Gegenüber hob die Faust.

Noch eher einer der Männer, die mit ratlosen Blicken dem Wortwechsel gefolgt waren, eingreifen konnten, gab es einen dumpfen Schlag und der Angreifer lag auf dem Boden, Kates Knie und den Schlagarm im Rücken.

Er stöhnte auf. „Eh, geh runter von mir. Bist du eine Kampflesbe, oder was?"

Mit einem Aufschrei versuchte er sich aufzurichten.

„Katherina", mahnte der Pfarrer leise.

Kate sah ihn an und schüttelte etwas den Kopf. Dann beugte sie sich zu Sven Neubert hinab.

„Bist du jetzt friedlich?"

Als dieser erneut in eine Schimpfkanonade ausbrechen wollte, schob diese seinen Arm etwas höher.

„Aua, verdammt, hör auf. Ja doch."

Im nächsten Moment war das Gewicht aus seinem Rücken verschwunden und jemand zerrte ihn auf die

Beine. Er griff an seine Schulter und rieb sie.

„Bist du von den Bullen?", flüsterte er heiser.

Kate grinste ihn an. „Nein, obwohl diese bestimmt über einen Tipp erfreut wären, bei dem Haschischgeruch."

Nachdem ihr Gegenüber sie nur anstarrte, deutete sie auf seine Wohnung.

„Können wir einen Moment reingehen?"

Scheinbar kam das alles viel zu langsam durch seinen Nebel aus Alkohol und Drogen, denn Sven Neubert nickte nur zögerlich und Kate schob ihn geradezu in die offene Vorsaaltüre.

„Einen Moment", sagte sie zu Pfarrer Bromsig, der sie sprachlos ansah und schlug die Tür hinter sich und dem Wohnungsmieter zu.

Die Wohnung selbst wirkte überraschend aufgeräumt, nur im Wohnzimmer standen einige Bier- und Schnapsflaschen in unterschiedlichem Füllzustand umher. Der Mann ließ sich auf das Couch fallen, noch immer die Schulter reibend.

Kate setzte sich ihm gegenüber.

„Was können sie mir über Horst Baumann sagen?"

Ihr Gegenüber starrte sie erst eine Weile an, dann wischte er sich kurz über sein Gesicht.

„Baumann war ein Schwein, eine richtige miese Ratte und wer immer den abgestochen hat, dem schicke ich eine Dankeskarte."

„Und warum war er ein Schwein?"

Sven Neubert nahm einen tiefen Schluck aus der Bierflasche und sah dann zu Kate.

„Doch ein Bulle?"

Sie schüttelte den Kopf. „Nein, ich bin private Ermittlerin, Kate Schulz, von Schulz Security."

Er nickte langsam. „Hab ich schon gehört."

Er lehnte sich etwas zurück.

„Ich wollte dem Pfarrer nix tun. Wenn ich was getrunken hab…naja. Aber, ich hätte nicht wirklich zugeschlagen."

Kate machte eine kleine Geste.

„Und ihre Schulter wird noch ein paar Tage weh tun. Ich denke, wir sind quitt."

Er grinste etwas.

„Okay. Also Baumann, er hat sich hier im Haus wie der Blockwart aufgeführt. Ständig hat er alles dem Vermieter gesteckt. Aber er hat den jungen Mädels hier nachgestellt, richtig eklig."

Kate hob skeptisch die Augenbrauen.

„Und das haben sich die Familien gefallen lassen?"

Ihr Gegenüber winkte ab.

„Ich hab keine Ahnung womit er die in der Hand hatte. Wie gesagt, er war ja auch mit dem Vermieter ganz dicke. An mich hat er sich nie rangetraut, aber diese armen Schweine hier."

Er nahm wieder einen Schluck aus seiner Bierflasche und sah Kate an.

„War das ernst gemeint mit den Bullen und dem Haschisch?"

Plötzlich wirkte er unsicher.

„Warum?", fragte sie nach.

„Naja, ich könnte ab nächste Woche wieder in

meinem alten Job arbeiten und dann vielleicht endlich hier auszuziehen. Wie gesagt, es sind schon arme
Schweine, aber jeden Abend ist hier Remidemi, das
nervt."

Kate lächelte. „Wieso? Also ich habe nichts gerochen
oder gesehen, außer bisschen Alkohol und das ist
wohl nicht verboten."

Sven Neubert atmetet scheinbar erleichtert tief ein.
„Okay, was wollen sie noch wissen?"

Irgendwie wirkte er schlagartig nüchtern und fokus-
siert.

„Horst Baumann war bei mir, weil er sich beobachtet
fühlte. Er gab auch eine Beschreibung. Ein Mann, so
um die Vierzig. Schlank, meist dunkel gekleidet,
Jeans, Lederjacke. dunkelblonde Haare, so halblang,
wie es mal in den 70-ziger Jahren modern war, Vollbart. Die anderen Hausbewohner haben diesen Mann
auch bemerkt, wollen aber keine Aussage bei der Polizei machen."

„Würde ich auch nicht", murmelte Sven Neubert.
Kate zog die Augenbrauen in die Höhe.

„Haben sie ihn auch gesehen oder nicht?"

Ihr Gegenüber stellte seine leere Flasche neben den
Tisch und lehnte sich zurück. Unwillkürlich fasste er
sich wieder an die Schulter und rieb sie.

„Ja, habe ich", sagte er. Kate seufzte auf.

„Und sie könnten sich nicht aufraffen zu einem Phantombild?"

Er schüttelte den Kopf.

„Nee", sagte er nur und als Kate aufstand, erhob er

sich ebenfalls.

Im Flur blieb er plötzlich stehen und sah sie an.

Kate glaubte zwar nicht, dass er sie angreifen wollte, blieb aber auf Distanz.

Das schien er zu merken und lächelte.

„Sie imponieren mir", sagte er und legte die Hand auf den Türgriff.

„Ich bin zwar nicht an einem Gespräch mit den Bullen interessiert, aber wissen sie was? Ich sage ihnen einfach den Namen des großen Unbekannten."

Kapitel 6

„Also ich kann es noch immer nicht glauben, dass
Kate mit Pfarrer Bromsig in das Haus gegangen ist
und dann noch diesen Sven Neubert niedergerungen
hat."

Er lenkte den Wagen gerade in den Kreisverkehr an
der Schöpsdrehe in Richtung Elsterberg. Dort sollte,
laut Aussage eben jenes Sven Neubert, der Mann
wohnen, der Horst Baumann über Tage beobachtet
hatte. Mike spürte mehr als er es sah, dass seine Kollegin Marianne Jäger in sich hineingrinste. Er wusste,
dass sie Kates Alleingänge meist befürwortete, zumal
diese ihnen des Öfteren einen Durchbruch in ihren
Fällen bereitet hatten. Er selbst war da recht zwie-
spältig.

„Wenn herauskommt, wie wir diesen Namen erhalten haben, könnte es zu Schwierigkeiten kommen",
sagte er. Marianne sah zu ihm hinüber.

„Nun warte doch erst einmal ab. Und überhaupt, niemand aus diesem Haus hätte freiwillig mit uns gesprochen und welche Möglichkeit wäre uns geblieben?"

Als Mike mit den Schultern zuckte, sagte sie nur:
„Also bitte. Ohne Kate würden wir noch eine ganze
Weile weiter im Trüben gefischt haben."

Mike brummte etwas undeutliches vor sich hin und
Marianne hielt es für geraten, den Rest der Strecke
das Thema zu wechseln.

„Und, was machen die Hochzeitsvorbereitungen?"

Mike bliess etwas die Wangen auf.

„Frage bloß nicht. Ich hätte wirklich mit Kate durchbrennen und in Las Vegas heiraten sollen. Die ganze Sache nimmt inzwischen gigantische Ausmaße an. Kate will eine katholische Trauung und jetzt müssen wir noch zu einem Traugespräch." Er seufzte auf.

Marianne lachte leise. „Ich freue mich schon drauf", konnte sie es sich nicht verkneifen, Mike zu foppen, der ihr einen gespielt finsteren Blick zuwarf.

„So, wo müssen wir jetzt hin?", fragte er, nachdem sie das Ortseingangsschild Elsterberg erreicht hatten.

„In Richtung Burgruine", dirigierte sie ihn durch die schmalen Straßen und nachdem sie eine steile, noch original gepflasterte Gasse passiert hatten, hielten sie vor einem kleinen Haus, das sich geradezu an die hinter ihm angrenzende Burganlage duckte.

Sie stiegen aus und Marianne inspizierte das Namenschild.

„Hier sind wir richtig", rief sie und winkte Mike zu.

Nachdem sie geklingelt hatten, wurde die Tür von einem Mann, auf den die Beschreibung Baumanns sehr gut zutraf, so heftig aufgerissen, dass die beiden Beamten zurückwichen. Mike trat wieder vor und hielt ihm seinen Ausweis unter die Nase.

„Herr Böhm? Hauptkommissar Köhler und das ist meine Kollegin…"

Der Mann spähte an ihnen vorbei. „Haben sie sie gefunden?"

Mike und Marianne sahen sich erstaunt an.

„Wen gefunden?", fragte diese den Mann, der

hektisch in Richtung ihres Autos sah.

„Ist etwas passiert? Oh Gott, es ist etwas passiert. Ist sie im Krankenhaus?"

In diesem Moment kam ein Streifenwagen die Gasse hochgefahren und hielt neben Mikes Wagen an.

Einer der Polizisten, der ausstieg, nickte Herrn Böhm zu und öffnete die hintere Wagentür.

Eine zierliche alte Dame sprang geradezu behände heraus. Sie trug einen flauschigen, hellgrünen Bademantel, darüber eine rote Strickjacke und je einen blauen und grauen Hausschuh.

„Na, Lars, lässt du dich auch mal bei deiner alten Mutter blicken? Diese beiden netten Herrn haben mich ein bisschen herumgefahren. Du hast ja keine Zeit für mich", rief sie ihrem Sohn zu und verschwand im Inneren des Hauses.

„Mama", sagte der Mann, teils erleichtert, teils erschöpft.

„Danke", wandte er sich an die beiden uniformierten Polizisten.

„Immer wieder gern", antwortete der Jüngere und zwinkerte Lars Böhm zu.

Dieser sah verwirrt zu Marianne und Mike.

„Aber was wollen sie dann hier?"

Mike war zu den beiden Streifenbeamten getreten.

Sie wechselten einige Worte, dann stiegen die beiden Beamten ein und fuhren ab. Jetzt wandte er sich Lars Böhm zu.

„Wir kommen wegen Wolfgang Baumann."

Der Mann deutete ins Innere. „Dann kommen sie mal

rein."

Marianne Jäger sah sich unauffällig in dem kleinen Haus um, während Lars Böhm in der oberen Etage seine Mutter versorgte.

„Sehr viel scheint ihn sein Job ja nicht einzubringen", murmelte Mike, der mit einem kurzen Blick erfasst hatte, dass nicht nur das Haus selbst einen maroden und stark abgewohnten Eindruck machte, sondern auch das Mobiliar im Inneren. Damit sprach er aus, was Marianne Jäger dachte.

In diesem Moment kam Lars Böhm wieder nach unten und ließ sich in einen Sessel fallen.

„Entschuldigen sie, dass es hier so aussieht. Aber wenn meine Mutter ihre Phase hat, bin ich fast rund um die Uhr nur mit ihr beschäftigt."

„Sie läuft dann wohl öfter weg?", fragte Marianne, die sich an die Reaktion der Polizisten erinnerte, die die alte Dame gebracht hatten.

Lars Böhm nickte. „Hier in der Stadt kennt sie ja jeder. Viele bringen sie wieder, aber manchmal läuft sie auch etwas weiter."

„Wäre sie nicht besser in einer Pflegeeinrichtung aufgehoben?"

Mike sah den Mann in dem Sessel an, der völlig erschöpft wirkte.

„Ich will ehrlich sein, Herr Hauptkommissar. Nicht nur, dass ich es meinem Vater versprochen habe, mich um sie zu kümmern und auch meine Mutter selbst nie in ein Heim wollte. Ich brauche auch das Pflegegeld und ihre Rente."

Er hob die Hand und schwenkte sie einmal herum.

„Sehen sie doch wie es hier aussieht. Mein Geschäft geht mehr als schlecht. Dabei hatte ich gedacht, eine Privatdetektei wird gesucht. Aber hier?"

Er machte eine abwinkende Geste.

Marianne Jäger hatte auf dem altersschwachen Couch Platz genommen, in das sie versank, während Mike einen Stuhl gewählt hatte, der nicht sonderlich bequem, aber zumindest stabil wirkte.

„Wer hat sie beauftragt, Herrn Baumann zu überwachen?", kam Mike jetzt auf den eigentlichen Grund ihres Hierseins zu sprechen.

„Der Mann heißt Harry Klein und er hat auch ein ordentliches Honorar gezahlt."

Marianne zog ihre Stirn in Falten. „Können sie ihn beschreiben?"

Der Privatdetektiv schüttelte den Kopf.

„Nein. Wir haben alles per E-Mail geregelt."

Mike und Marianne Jäger sahen sich an. Dann wandte Mike sich wieder Böhm zu.

„Sie haben den Mann nie gesehen? Und einen Vertrag? Gibt es einen?"

Der Privatdetektiv nickte und stand auf.

Während er in einem der Schubkästen eines altersschwachen Schreibtisches wühlte, sagte er: „Hören sie, wenn Baumann mich angezeigt hat, dann können wir das doch bestimmt irgendwie regeln. Ich habe nichts Strafbares gemacht, ihn weder belästigt noch sonst etwas."

Endlich hatte er das Schriftstück und reichte es Mike.

Dieser sah nur auf die Unterschrift. In schwungvollen Buchstaben stand dort *Harry Klein*.

Mike nickte Marianne zu.

„Die gleiche Schrift", sagte er. Dann sah er Böhm an, der sich wieder gesetzt hatte.

„Also, wie hat dieser Herr Klein Kontakt zu ihnen aufgenommen?"

Der Detektiv erhob sich wieder mit einem Seufzer und holte einen erstaunlich modernen Laptop aus einer Schublade.

„Ich habe den gesamten E-Mail- Verkehr hier. Sie können alle Mails haben, aber sagen sie mir endlich was dieser Baumann von mir will."

Mike hatte sich erhoben und nahm Lars Böhm den Laptop ab.

„Sie bekommen ihn wieder, wenn wir fertig mit den Untersuchungen sind."

Der erst völlig verdatterte Mann sprang auf und versuchte Mike, den Laptop wieder zu entreißen.

„Das können sie nicht machen, ich brauche ihn. Dieser Laptop ist mein einziges Arbeitsmittel, ich…"

„Horst Baumann wurde ermordet", unterbrach Marianne Jäger das Tohuwabohu.

Lars Böhm ließ die Arme sinken und starrte von Marianne zu Mike.

„Was?", fragte er und ließ sich in den Sessel sinken.

Mike stellte den Laptop vor sich hin.

„Ja. Jetzt verstehen sie sicher, warum wir den E-Mail-Verkehr nachvollziehen müssen?"

Böhm nickte. Dann hob er den Kopf.

„Mein Gott, sie denken doch nicht, dass ich…"
Mike hob beschwichtigend die Hand.

„Jetzt lassen sie uns das mal ganz ruhig besprechen.
Also, dieser Harry Klein, hat er eine Adresse angege-
ben und vor allem, einen Grund, warum sie
Baumann beschatten sollten?"

Böhm, der zumindest etwas erleichtert wirkte, nickte.

„Ja. Harry Klein suchte Horst Baumann wegen einer
Betrugsgeschichte. Er hatte ihn vor Jahren um eine
ziemlich hohe Summe betrogen und er, also Klein,
habe das nicht beweisen können. Danach war
Baumann abgetaucht und jetzt hätte er erfahren, er
sei wieder in Plauen. Ich solle herausfinden, wo er
wohnt und was er so macht. Er sagte mir, dass
Baumann sich besonders für Glücksspiele und so in-
teressieren würde. Herr Klein schrieb mir, dass er
selbst schwer krank ist und die meiste Zeit im Bett
zubringt. Er hat einen ambulanten Pflegedienst, der
ihn betreut. Daher will er alles per Mail abwickeln.
Den Vertrag schickte er mir unterschrieben per Mail
zurück und das Geld kam pünktlich auf mein
Konto."

Marianne Jäger schüttelte den Kopf.

„Und das kam ihnen alles nicht seltsam vor?"

Böhm sah sie an.

„Frau Kommissarin, ich kann mir meine Kunden
nicht heraussuchen und daran war nichts Kriminel-
les, oder?"

Widerwillig schüttelte Marianne den Kopf. Böhm lächelte etwas.

„Na also, und falls sie vermuten, ich bin ein kompletter Idiot, dann muss ich sie enttäuschen. Ich habe seine Adresse überprüft, der Name steht am Klingelschild und drei Mal am Tag kommt ein Pflegedienst. Zufrieden?"

Mike nickte.

„Nun gut," sagte er, während Marianne sich erhob und ihm deutete, dass sie draußen warten würde.

„Was haben sie über Baumann herausgefunden?"

Böhm zupfte etwas nervös an seinem Bart und zuckte schließlich die Achseln.

„Eigentlich weitgehend ein langweiliger Kerl. Aber einmal die Woche, immer freitags, geht er in ein Wettbüro. Dort scheint, oder schien muss ich jetzt wohl sagen, er eine Menge an Leuten zu kennen. Das war auch etwas undurchsichtig. Ich meine, seine Geschäfte, die er dort betrieb. Ich hatte allerdings nicht den Eindruck, dass das Herrn Klein sonderlich interessierte. Nachdem ich ihm geschrieben hatte, dass er immer Freitagsabend sich dort aufhielt, ich aber noch nicht ganz hinter seine Machenschaften gestiegen sei, beendete er den Auftrag. Allerdings mit einer recht großzügigen Summe, die er mir auch umgehend überwies."

Aufstöhnend ließ er sich im Sessel zurückfallen und fuhr sich mit den Händen über sein Gesicht.

Dann sah er Mike mit zerknirschter Miene an.

„Ich habe ihm damit wahrscheinlich die genaue Zeit geliefert, wann Baumann dieses Wettbüro betritt und wieder verlässt, denn da war er geradezu akribig."

Mike sah, dass Böhm schnell kombiniert hatte und der verkappte Detektiv tat ihm fast etwas leid.

Oben rief bereits wieder seine Mutter nach ihm.

„Er hätte es auch auf anderem Wege herausfinden können", sagte er deshalb und der Mann nickte.

Mike stand auf und nahm den Laptop.

„Sie haben ihn in wenigen Tagen wieder, dafür sorge ich. Wie ist übrigens das Passwort?"

„Krokodil 0307", sagte er und grinste etwas. „War mein Spitzname in der Schule und die Zahlen sind mein Geburtstag."

Mike deutete in Richtung Zimmerdecke, wo ungeduldiges Klopfen zu hören war.

„Sie sollten hoch gehen. Ich finde allein hinaus."

Draußen stand Marianne Jäger am Wagen und hielt noch ihr Smartphone in der Hand.

„Unter der angegebenen Adresse gibt es keinen Harry Klein. Allerdings einen Harald Stein, ein 84-jähriger Herr mit schwerem Parkinson, zu dem drei Mal am Tag der Pflegedienst kommt."

Mike stieg ein und als Marianne sich auf den Beifahrersitz setzte, wandte er sich ihr zu.

„Warum bist du gleich stutzig geworden?", fragte er und Marianne lächelte, während sie den Gurt umlegte.

„Meine Mutter war ein großer Krimi Fan und hat keine Folge von Derrick verpasst. Dessen Assistent hieß übrigens Harry Klein."

Frieder Lein ließ sich in Mikes Büro auf den Stuhl fallen und sah von ihm zu Marianne, die ebenfalls vor kurzem eingetreten war.

„Du hattest den richtigen Riecher", sagte er zu der Kommissarin.

„Harry Klein ist ein Fake. Herr Harald Stein war sehr erstaunt, dass jemand seine Adresse verwendet hat. Aber ich habe mir mal das Namensschild angesehen und festgestellt, dass es mindestens einmal überklebt wurde. Es befindet sich am Gartenzaun, ein bisschen von Efeu überwachsen und so ist das sicher niemand aufgefallen. Der Pflegedienst hat den Schlüssel und sonst scheinen wenig Leute zu Herrn Stein zu kommen."

Mike rieb die Hände aneinander. „Unser ominöser Unbekannter scheint nichts dem Zufall zu überlassen. Er hat sich gedacht, dass Böhm vielleicht nachschauen könnte."

Marianne nickte. „Deswegen hat er auch nicht zum Beispiel Kate beauftragt. Da hätte er damit rechnen müssen, dass sie im auf die Schliche gekommen wäre. Aber Lars Böhm ist doch froh über jeden Auftrag."

„Die E- Mails haben auch nichts ergeben. Zwar ist Frank Keilwert noch dran die IP-Adresse zu entschlüsseln, aber er macht uns wenig Hoffnung."

Mike seufzte.

„Naja, wäre auch zu schön gewesen. Jedenfalls konnte Böhm auch kein Licht in die Sache bringen."

Marianne lächelte und nahm sich eine Tasse Kaffee.

„Nein, und überhaupt. Er scheint wirklich keine Leuchte vorm Herrn zu sein. Allein wie stümperhaft er Baumann überwacht hat. Wie der auf die Idee kam, sich als Privatdetektiv zu verdingen ist mir ein Rätsel."

Mike lehnte sich etwas zurück und sah Marianne an.

„Gut, damit haben wir im Prinzip nichts. Wie sieht es im Fall Wellenkamp aus? Irgendwie habe ich das Gefühl, wir verlieren das etwas aus dem Auge."

Die Angesprochene schüttelte den Kopf.

„Nein. Es ist mir endlich gelungen einen Neffen von Herrn Wellenkamp aufzutreiben. Er wird sich in einer Stunde via Skype mit uns treffen."

Mike hob den Daumen.

„Prima. Obwohl ich mir nicht zu viel davon verspreche. Sei es wie es sei, hier zieht jemand einen Rachefeldzug durch und wir haben noch keine Spur."

Wie auf Stichwort kam Karsten Windisch herein.

Er sah die drei Anwesenden an und lächelte etwas.

„Ihr schaut wirklich, als sei euch die Petersilie verhagelt", sagte er und schloss die Tür hinter sich.

Mike lächelte, wenn auch etwas gequält, zurück.

„So ist es auch. Hast du wenigstens ein paar erhellende Momente für uns?"

Der Leiter der Spurensicherung setzte sich auf den noch einzigen freien Stuhl.

„Wir haben in den Abriebstellen der Knie beider Opfer winzige Gesteinsreste gefunden. Sie sind zumindest identisch, was die These untermauert, dass sie am gleichen Ort gefangen gehalten wurden."

„Und was ist es für Gestein?", fragte Frieder Lein nach.

Karsten Windisch zuckte die Schultern.

„Naturgestein zumindest, nichts künstlich hergestelltes, wie Zement zum Beispiel. Bringt mir eine Vergleichsprobe, dann sage ich euch, ob es das ist oder nicht. Aber, und das kann ich sagen, es handelt sich um einen Innenraum, ich vermute eine Art Keller. Das Gestein war, zumindest nicht in der letzten Zeit, keiner Witterung ausgesetzt."

Er fuhr mit der Hand über sein Tablett.

„Dann sind da noch Spuren einer Faser, vermutlich einer Decke. Ein Baumwollgemisch, dunkelgraugrün, fast eine Tarnfarbe. Beide Opfer hatten Faserteile unter den Nägeln und am Körper, daher vermute ich eine Decke. Sie müssen damit zugedeckt gewesen sein, während ihrer Gefangenschaft. Wäre es nur zum Transport an den Ablageort der Leichen gewesen, wäre davon nichts unter ihren Fingernägeln."

„Hm", machte Mike. „Viel weiter bringt es uns nicht, aber trotzdem danke, Karsten."

Dieser zuckte die Schultern und erhob sich.

Marianne deutete auf die Uhr.

„Unser Date mit Wellenkamps Neffen", erinnerte sie.

„Grüß´ Gott, meine Herrschaften. Ich bin Sebastian Pischel, der Neffe von Franz Wellenkamp."

Ein sympathischer Mann Mitte bis Ende sechzig mit einem rotwangigen Gesicht, das einen häufigen Aufenthalt im Freien erkennen ließ, begrüßte sie über eine erstaunlich gute Skype Verbindung.

Marianne Jäger, die bereits kurz mit ihm telefoniert hatte, stellte sich, Mike und Frieder vor.

„Also", begann der Mann. „Ich kann ihnen auch nur das sagen, was ich von meiner seligen Mutter weiß, die die Schwester vom Franz war. Sie waren insgesamt neun Geschwister, der Franz, als der dritte Sohn und meine Mutter, die Älteste. Der Franz hat das Schreinern gelernt und muss sehr geschickt gewesen sein darin."

Mike dachte automatisch daran, was Kate ihm gesagt hatte, als sie das Haus von Wellenkamp besucht und nirgends Werkzeug gefunden hatten.

„Er musste dann in den Krieg, wie alle jungen Burschen damals. Erst dachte die Familie, er wäre gefallen. Aber dann, lange nach dem Krieg, haben sie endlich über den kirchlichen Suchdienst herausgefunden das er noch lebt, und zwar in der Russenzone. Er wollte wohl nicht mehr heimkommen, hat keinen Kontakt gesucht. Das hat die Familie ein Leben lang gekränkt, wo doch alle so zusammengehalten hatten."

„Hat irgendjemand aus ihrer Familie Franz Wellenkamp hier besucht?", unterbrach Marianne ihn einmal kurz.

Der Mann schüttelte den Kopf.

„Es wollte keiner rüber und außerdem hat der Franz nie auf Briefe reagiert. Da ist es halt eingeschlafen. Hören sie, Frau Kommissarin, wie wird denn das jetzt mit der Beerdigung?"

Marianne sah etwas hilflos zu Mike.

Dieser räusperte sich. „Wir haben Unterlagen für eine Sterbegeldversicherung im Haus ihres Onkels gefunden. Es kämen also keine Kosten auf sie zu."

Dieser winkte ab.

„Deshalb habe ich nicht gefragt. Aber vielleicht wäre er doch gern in die Heimat gekommen?"

„Ich glaube eher nicht", warf Marianne jetzt ein. „Da hätte er doch im Alter Kontakt mit seiner Familie aufgenommen, oder?"

Sebastian Pischel nickte bekümmert.

„Da haben sie wohl recht. Ich werde dann alles von hier aus regeln."

„Herr Pischel", hakte Mike nach. „Wissen sie, ob ihr Onkel irgendein besonderes körperliches Merkmal hatte, einen Leberfleck, Narben oder so etwas??"

Der Mann runzelte die Stirn. „Wieso?", fragte er.

Dann vertiefte sich das Stirnrunzeln.

„Glauben sie etwa, er ist es nicht?"

Mike fand, es hatte keinen Zweck zu leugnen.

„Die Umstände lassen zumindest die Vermutung zu."

Sein Gegenüber nickte am Bildschirm.

„Verstehe", murmelte er, dann hellte sich seine Miene etwas auf. „Ich erinnere mich, dass mir meine

Mutter mal erzählt hat, dass er ein Feuermal hatte, direkt über dem Herzen. Als seine Mutter mit ihm schwanger war, brannte eines Nachts die Scheune ab. Sie hatte sich so erschrocken, als ein Feuerstrahl heraus in Richtung Wohnhaus schoss, dass sie sich spontan ans Herz gefasst hatte. Und deshalb war der Bub, also der Franz, mit einem Feuermal direkt über dem Herzen geboren worden."

Mike nickte.

„Danke, Herr Pischel, das hilft uns schon sehr weiter."

Dieser ging etwas näher an den Bildschirm heran.

„Sagen sie mir Bescheid? Ich meine, wenn es doch nicht der Franz ist, was mit meinem Onkel dann passiert ist?"

Mike nickte.

„Wenn wir es herausfinden, dann auf alle Fälle. Danke nochmals."

Nachdem sie das Gespräch beendet hatten, erhob sich Mike.

„Was ist denn ein Feuermal?", fragte Frieder und sah ihn und Marianne fragend an.

Mike nahm seine Jacke.

„Das", sagte er im Gehen. „Wird mir hoffentlich Omar erklären können."

Kapitel 7

„Naevus flammeus kommt bei ungefähr 0,3 % der Neugeborenen vor. Das sogenannte Feuermal ist zu unterscheiden vom Naevus unna, landesüblich als Storchenbiss bekannt, der immerhin bei 60% der Neugeborenen auftritt und auch wieder verschwindet", dozierte Omar Amri, in seinem Büro auf und abgehend, während Mike ihm mit Blicken folgte. Schließlich blieb er stehen und hob etwas die Hand.

„Das Feuermal beruht auf einer angeborenen Fehlbildung und verschwindet, im Gegensatz zum Storchenbiss, auch im späteren Lebensalter nicht. Wenn also, wie der Neffe von Franz Wellenkamp sagte, dieser ein solches gehabt hätte, wäre es auch bei dem Toten noch vorhanden. Ist es aber nicht."

Mike sprang auf.

„Dann ist das also definitiv nicht Franz Wellenkamp?"

Omar nickte. Er trat zu seinem Laptop und winkte Mike heran.

„Nach deinem Anruf ist mir noch etwas anderes durch den Kopf gegangen."

Er deutete auf den Bildschirm. Dort war ein abgemagerter Arm zu sehen. Omar deutete auf eine Narbe. Sie sah wie eine Verbrennungsnarbe aus, das sah sogar Mike als medizinischer Laie.

„Ich dachte mir erst nichts dabei, da diese Narbe sehr alt ist und damit nicht relevant für den Fall schien. Immerhin war Wellenkamp im Krieg, da wäre eine

Verbrennung nichts Ungewöhnliches."

Jetzt setzte er sich und sah Mike an.

Dieser schwieg, da er inzwischen wusste, wie Omar einen solchen kleinen Auftritt genoss.

Prompt fuhr dieser fort.

„Aber jetzt, in diesem Kontext, machte mich die Stelle stutzig."

Er gab wieder etwas in seinen Laptop ein und drehte ihn in Richtung Mike.

Es war ein schwarz-weiß Foto und der abgebildete Arm gehörte scheinbar einem jungen Mann. Etwa zwanzig Zentimeter über dem linken Ellenbogen auf der Innenseite des Oberarms war eine Tätowierung zu sehen.

„Eine Blutgruppentätowierung", sagte Mike und O-mar nickte.

„Genau. Üblich bei der Waffen-SS. Nach dem Krieg waren einige an dieser Stelle angeblich verwundet, um die Tätowierung zu überdecken. Und jetzt schau mal."

Er schob das Bild vom Arm des angeblichen Franz Wellenkamp über das des abgebildeten Mannes.

„Die gleiche Stelle."

Mike nickte fasziniert.

„Damit wissen wir zumindest, dass das nicht Franz Wellenkamp war, den wir in der Gruft gefunden haben. Und laut Steven Neubauers Recherchen kennen wir auch den Zusammenhang zwischen der Gruft, ihren Besitzern und eines, wie wir jetzt vermuten können, SS Mannes."

Omar drehte den Laptop wieder zu sich und schaltete ihn aus.

„Weißt du, was ich vermute? Der Täter hat den vermeintlichen Wellenkamp genauso hungern lassen wie dieser selbst die KZ-Häftlinge. Das erklärt die Reste dieser Gerstenbrühe, die ich gefunden habe."

Mike setzte sich wieder ihm gegenüber.

„Das ist anzunehmen. Mich beschäftigt jetzt allerdings die Frage, wie hat der Täter Wellenkamps, oder wie immer er in Wirklichkeit auch hieß, Geheimnis herausbekommen, das dieser so lange verbergen konnte? Und wie kam er dahinter, dass Baumann der Täter im Fall von Veronika Schellmann war?"

Omar hatte den Laptop ausgeschaltet und erhob sich.

„Das, mein Lieber, müsst ihr schon selbst herausfinden."

Mike parkte sein Auto an der Neundorferstraße und legte die Parkscheibe ein. Er hoffte das das Traugespräch, dass er und Kate gleich bei Pfarrer Bromsig hatten, nicht länger als zwei Stunden dauern würde. Kate wollte unbedingt eine katholische Eheschließung. Er selbst als Atheist hatte ja insgeheim gehofft, dass das Kate davon abhalten würde. Nicht, ihn zu heiraten, sondern auf einer kirchlichen Trauung zu bestehen. Aber nein, Kate hatte sogar die Erlaubnis aus dem Generalvikariat des zuständigen Bistums für die Schließung einer religionsverschiedenen Ehe eingeholt und nun musste er, wohl oder übel, in den sauren Apfel beißen.

„Eigentlich bist du ja Jüdin", hatte er neulich beim Frühstück gesagt, als sie gerade wieder das Thema der Trauung erörterten.

Als Kate ihn schweigend ansah, fuhr er unbeirrt fort: „Naja, gemäß der Vorschrift ist jedes Kind automatisch Jude, wenn es von einer jüdischen Mutter geboren wird."

Kate musterte ihn eine Weile mit ihrem „FBI-Blick", wie er es nannte. Dann legte sie ihr Brötchen aus der Hand und goss sich Kaffee nach.

„Kann es sein, dass du dich vor der kirchlichen Trauung drücken willst?", fragte sie schließlich, ohne ihn auch nur einen Augenblick aus den Augen zu lassen.

Er räusperte sich etwas und zog betont lässig die Schultern nach oben. „Ich dachte dabei eher an deine Verwandten, ich…"

„Weder Tante Sarah noch irgendjemand anderes in

meiner Familie hat ein Problem damit und im Übrigen waren meine Mutter und mein Vater katholisch", unterbrach Kate ihn und grinste. „Aber netter Versuch."

Er fühlte sich durchschaut und hielt es für besser, das Thema nicht mehr anzusprechen. Es war ja schließlich auch kein großes Opfer seinerseits, diese Zeremonie durchzustehen, vor allem wenn sie für Kate so viel bedeutete.

Inzwischen war er an der Herz Jesu Kirche angekommen. Kate stand mit Pfarrer Bromsig vor dem Eingang und diskutierte mit ihm. An ihrer Miene sah er, dass es mit Sicherheit nichts mit ihrem Termin zu tun hatte, sondern um den Fall ging. Pfarrer Bromsig hob den Kopf und sah ihm lächelnd entgegen.

„Sie sind also Katherinas Verlobter?", fragte er und Mike fiel ein, dass er zwar schon viel von dem emeritierten Geistlichen gehört, ihm aber noch nie persönlich begegnet war.

Er reichte ihm die Hand. „Mike Köhler, guten Tag."

Der Pfarrer sah ihn mit einem Lächeln an, dass ihn ihm gleich sympathisch machte. „Katherina und ich haben gerade über den Fall gesprochen an dem sie arbeiten, Herr Köhler."

Sein Lächeln war verschwunden und machte Betroffenheit Platz. Als Mike Kate einen Blick zuwarf, hob der Geistliche die Hand.

„Sie können versichert sein, dass ich darüber mit niemand spreche."

Mike beeilte sich zu nicken.

Anders als Kate vermutete er sehr wohl den Täter im Umfeld der Kirche, hatte aber leider noch keine hinreichenden Beweise und sein Vorgesetzter, der ihm sonst immer freie Hand ließ, hatte ihn in diesem Fall um besondere Sensibilität gebeten.

Daher war es gut, den Pfarrer, der zwar bereits emeritiert, aber noch immer in der Kirchgemeinde sehr aktiv war, auf seiner oder vielmehr auf Kates Seite zu wissen.

Dieser deutete jetzt in Richtung Eingang, um mit ihm und Kate ins Büro zu gehen, wo das Gespräch stattfinden sollte. In diesem Moment klingelte Mikes Dienstsmartphone. Kate warf ihm einen vorwurfsvollen Blick zu. Glaubte sie wirklich, er würde sich anrufen lassen, nur, um dem Gespräch zu entgehen?

Zumindest legte ihre Miene diesen Gedanken nahe. Mit einem Schulterzucken nahm er das Gespräch an und trat einen Schritt zur Seite.

Er hörte zu, fragte dann nur: „Wo?" und seufzte leise.

„Gut, ruf Doktor Amri an. Ich will nicht, dass ihn jemand anfasst ehe er vor Ort ist."

Kate war alarmiert stehen geblieben, während der Pfarrer bereits im Halbdunkel des Kircheneingangs verschwunden war.

„Ein Toter?", fragte sie und er nickte.

„Scheinbar Opfer Nummer drei. Verdammt."

Er sah auf den im Kircheneingang stehen gebliebenen Geistlichen und murmelte: „Entschuldigung."

Dieser schüttelte nur leicht mit dem Kopf.

Dann sah er Kate an.

„Katherina, ich glaube, wir werden das Gespräch ohne ihren Verlobten führen. Er muss jetzt etwas tun, um das ich ihn nicht beneide."

Er nickte Mike zu und legte seine Hand auf Kates Arm. Diese warf Mike einen zustimmenden Blick zu und folgte dem Geistlichen, während Mike in Richtung Neundorferstraße eilte.

Auch wenn er sich noch vorhin gewünscht hatte, das Gespräch nicht führen zu müssen, dann war diese Wendung nicht das, was er wollte.

Kapitel 8

„Was ist denn hier los?", fragte Mike einen jungen
Polizisten, als er die verfallene Lagerhalle an der
Hammerstraße betrat. Diese hatte einstmals zu einem
Plauener Großbetrieb gehört, der inzwischen als In-
dustriebrache vor sich hingammelte.

Der junge Mann sah ziemlich blass und mitgenom-
men aus und deutete nach unten.

„Das ist wirklich kein schöner Anblick", stammelte
er. Mike sah ihn verwirrt an.

„Nein, ja, ich meine, was ist das für Kindergeschrei?"
Der Polizist schien bemüht sich zusammenzureißen.

„Das geht schon die ganze Zeit so. Aber Kommissarin Jäger wollte, dass alles so bleibt, bis sie und der
Professor eingetroffen sind."

Mike nickte, obwohl er noch immer nicht verstand,
was eigentlich los war und eilte die erstaunlich intak-
ten Treppen hinunter in ein Kellersystem, das von
außen nicht erkennbar war.

Eine ziemlich neue, massive Stahltür stand offen und
dahinter waren mehrere sauber verputzte Räume, die
vielleicht in der Vergangenheit einmal Büros des La-
gerverwalters gewesen waren.

Das Geschrei wurde immer lauter, es klang gequält
und dröhnte in Mikes Ohren. Als er das letzte der
drei Büros betrat, prallte er unwillkürlich zurück.

„Um Gottes Willen, macht das aus", schrie er und
stieß fast mit Omar Amri zusammen, der sich gerade
in einen Spurensicherungsoverall quälte.

Jetzt erst bemerkte er, dass weder der Pathologe noch Karsten Windisch, der Leiter der Spurensicherung, reagierten. Beim genaueren Hinsehen sah er auch warum. Sie trugen beide einen Gehörschutz.

In diesem Moment bemerkten sie ihn und der Leiter der Spurensicherung hob eine Fernbedienung.

Das Geschrei endete so abrupt, dass Mike die Ohren klingelten. Omar nahm die Kopfhörer ab. Erst als er etwas zur Seite trat, sah Mike den Toten.

Dieser saß in einem modernen Schreibtischsessel, direkt vor mehreren Hochleistungsrechnern. Darauf liefen Pornos. Die Opfer, das war unschwer zu erkennen, waren Kinder unterschiedlichen Alters und Geschlechtes. Mike sah geschockt auf die Bildschirme und gab dann Karsten ein Zeichen.

„Macht diesen kranken Scheiß aus."

Dieser nickte nur und stoppte die Filme. Omar hatte eine Pinzette in der Hand und öffnete den Mund des Toten. „Na also", murmelte er und zog einen kleinen Zettel heraus. Er steckte ihn in einen Aservatenbeutel und sah Mike an. „Was drauf steht muss ich dir wohl nicht erst vorlesen?"

Dann deutete er auf den Toten. „Er ist noch keine sechs Stunden tot."

„Todesursache?", fragte Mike und Omar sah kurz zu Karsten Windisch. Dieser nickte. Der Pathologe fuhr den Drehstuhl herum und Mike sog automatisch die Luft ein. Jetzt wusste er, warum der junge Polizist oben so blass ausgesehen hatte. Der Tote war von der Taille abwärts nackt und jemand hatte ihn kastriert.

Kate hatte mit Pfarrer Bromsig alles besprochen, was sie sich bezüglich der Trauung wünschte und natürlich hatten sie auch religiöse Aspekte beleuchtet.

Es war ein angenehmes Gespräch in dem kleinen Büro gewesen, dass der emeritierte Geistliche noch nutzte und sie hatten dabei Kaffee getrunken und das wunderbare Buttergebäck seiner Haushälterin oder vielmehr Hausdame, wie er sie zu nennen pflegte, gegessen.

Als Kate sich jetzt erhob, sah sie, dass der Pfarrer noch etwas auf dem Herzen hatte. Bereits während des Gesprächs war ihr seine manchmal auftretende Unaufmerksamkeit aufgefallen. Etwas, was ganz untypisch für ihn war.

Sie hatte es auf sein doch fortgeschrittenes Alter geschoben, aber jetzt merkte sie, dass es scheinbar etwas anderes war. Er sah zu ihr hoch und deutete auf den Stuhl.

„Bitte, Katherina, noch einen Augenblick."

Diese nickte und setzte sich wieder, während der Pfarrer sich erhob, zu seinem Schreibtisch ging und mit einem Fotoalbum zurückkam. Nachdem er mit einem leisen Aufstöhnen wieder Platz genommen hatte, faltete er die Hände auf der Tischplatte und sah sie fest an.

„Ich hätte gerne ihren Verlobten dabei gehabt…"

Er schüttelte leicht den Kopf. „Nein, das ist eine unsinnige Ausrede. Ich möchte es lieber nur ihnen erzählen, Katherina."

Diese sah ihn erstaunt an, unterbrach ihn aber nicht.

„Ich habe lange darüber nachgedacht und jetzt denke ich, vielleicht zu lange."

Er seufzte leise, dann straffte er seinen Oberkörper.

„Sie hatten mich gefragt, ob mir nicht jemand einfallen würde, im Zusammenhang mit den Morden und diesen Zetteln. Ich wollte niemand vielleicht fälschlicherweise einer so furchtbaren Tat beschuldigen, aber jetzt ist ein dritter Mord geschehen und nach der Reaktion von ihrem Verlobten geht es wieder um dieses Schuldbekenntnis."

Er sah Kate an, die noch immer schweigend an seinen Lippen hing.

„Kurzum, jetzt mache ich mir Vorwürfe, vielleicht zu lange geschwiegen zu haben."

Er hob etwas die Hand.

„Aber das ist mein Problem. Es gab einen jungen Mann in unsere Gemeinde. Er ist vor zirka achtzehn Jahren mit seinen Eltern aus dem Eichsfeld hier her nach Plauen gezogen. Sein Vater wurde dienstlich hier her versetzt und war mit seiner Frau und seinen Kindern eine Weile sehr aktiv hier in unserer Gemeinde. Nach fünf Jahren kehrte die Familie ins Eichsfeld zurück. Herr Herrmann sagte mir, sie seien hier nie recht warm geworden. Naja, Heimat ist eben Heimat. Lediglich der Sohn der Familie, Maximilian, hatte hier eine Lehrstelle gefunden und blieb in Plauen. Wie sie wissen, Katherina, hatte ich immer eine Jugendgruppe, um die ich mich kümmerte. Maximilian war Mitglied."

Er schlug das Album auf und schob es zu Kate

hinüber.

Auf einem Foto saßen drei Jungs im halbwüchsigen Alter an einer brennenden Feuerschale. Der eine Junge, mit dunklen Lockenkopf, hing förmlich an den Lippen eines anderen, etwas älteren Jungen mit kurzen, dunkelblonden Haaren. Der Dritte wandte sich zu ein paar Jungs im Hintergrund um, die um eine Tischtennisplatte standen.

Pfarrer Bromsig tippte auf den Lockenkopf.

„Das ist Maximilian. Ein netter Junge. Aber dann veränderte er sich plötzlich. Er wurde geradezu radikal in seinen Ansichten. Er fastete stark, geiselte sich sogar. Ich habe so viele Gespräche mit ihm geführt, über deren Inhalt ich ihnen nichts sagen kann. Aber einmal hat er etwas gesagt, was nicht unter das Beichtgeheimnis fällt. Es war eine Diskussion mit anderen Jugendlichen. Er sagte, Sünder müssten hart bestraft werden. Sie müssten beichten und bereuen und wenn sie das nicht tun, aus ehrlichem Herzen tun, dann verdienen sie keine Barmherzigkeit, sondern nur einen unehrenhaften Tod."

Kate sog etwas Luft ein und Pfarrer Bromsig sah sie an.

„Und das meinte er ernst, ich meine…"

Der Geistliche nickte.

„Ja, leider tat er das. Es gab eine hitzige Diskussion, in die ich mich schließlich einschaltete. Maximilian beschuldigte uns alle, zu lax mit dem Glauben umzugehen. Das war die Quintessenz. Schließlich verließ er wutentbrannt unsere Runde. Für immer."

Kate schüttelte den Kopf.

„Kam er wieder zur Vernunft?"

Der Pfarrer sah betroffen auf das Fotoalbum, dass geschlossen vor ihm lag. Langsam strich er über den ledernen Einband.

„Leider nicht. Er kam einfach nicht mehr zu uns. Weder zum Gottesdienst noch zu unserem Jugendtreff. Ich habe ihn mehrmals aufgesucht, aber er wollte nicht mit mir sprechen. Weder mit mir noch mit den anderen Jungs. Ganz gleich was ich versuchte, er wies mich ab."

Er hob beide Hände. Kate musterte ihn eine Weile.

„Aber wie kommen sie darauf, dass er etwas mit den Morden zu tun haben könnte? Er ist vielleicht ein exzentrischer Hitzkopf, aber ein, nun, religiöser Fanatiker?"

Der Geistliche lächelte etwas.

„Wissen sie, Katherina, sie haben sich in all den Jahren nicht geändert. Sie nehmen noch immer die Rolle des Advocatus Diaboli ein, wie schon früher. Darum hat es mich nicht erstaunt zu hören, dass sie eine Laufbahn beim FBI eingeschlagen haben."

Diskret wie er war, erwähnte er nicht die Quelle seines Wissens, nämlich die Frau, die Kate fast 45 Jahre ihres Lebens für ihre Großmutter gehalten hatte. Schließlich erhob er sich und ging erneut zu seinem Schreibtisch.

Er nahm einen Bogen Papier heraus, dessen Inhalt geschwärzt war, aber auf dem ganz oben, fein säuberlich -*Culpa, mea maxima culpa*- stand. Kate starrte auf die Zeilen und dann sah sie Pfarrer Bromsig an.

„Ich konnte ihnen den Inhalt des Briefes nicht zeigen, daher habe ich ihn geschwärzt, aber…"

Er schluckte hörbar.

„Finden sie heraus, ob die Schriften identisch sind. Ich weiß nicht, ob ich mein Handeln nicht irgendwann bitter bereue, aber diese Morde müssen aufhören."

Kate legte ihre Hand auf die des Geistlichen und nahm mit der anderen das Blatt an sich, als habe sie Angst, er könne es sich noch anders überlegen.

„Ich verspreche ihnen, dass Mike mit der allergrößten Sorgfalt und Diskretion vorgehen wird."

Er nickte nur stumm und sah sie nicht an, als sie sich erhob.

Schweigend verließ Kate das kleine Büro, obwohl sie kein gutes Gefühl dabei hatte Pfarrer Bromsig mit seinen Gedanken allein zurückzulassen.

Kapitel 9

„Das ist eine verdammte Scheiße."
Hauptkommissar Frank Keilwert schlug mit der
Faust nun schon zum zweiten Mal auf den Tisch im
Beratungszimmer. Der Leiter des Fachbereichs Inter-
netkriminalität schien sich gar nicht beruhigen zu
können.
„Wir waren so nahe dran, so nahe", sagte er und
zeigte eine winzige Spanne zwischen Daumen und
Zeigefinger.
Mike runzelte die Stirn und sah ihn an.
„Das heißt, ihr wusstet davon?"
Verdutzt wandte sich Keilwert zu ihm um.
„Ja, klar. Denkst du vielleicht, ich rege mich hier um-
sonst auf? Wir wollten diesem Ring endlich das
Handwerk legen und hatten die Hoffnung, über die-
sen Horweck an die Hintermänner heranzukommen
und da bringt so ein Idiot ihn faktisch vor unseren
Augen um."
Kopfschüttelnd warf er sich in einen Sessel.
Mike starrte ihn an. „Ihr habt von dieser Sauerei ge-
wusst und habt nichts unternommen?"
Keilwert warf die Arme in die Luft.
„Was denkst du eigentlich? Das wir zu Karli Horweck hineinspazieren und ihm sagen: Eh, ehe wir
dich hopsnehmen und deine Pornos, die du hier so
schön schneidest, gleich mit, sei doch so nett und ver-
rate uns, wer da in deinen Filmchen zu sehen ist?"
„Frank, das ist kein Grund zynisch zu werden", fuhr

Marianne Jäger dazwischen, die aus dem Augenwinkel beobachtete, wie Mikes Oberkörper nach vorn schnellte. Wie immer war es ihr ruhiger, konsequenter Ton, der die Streithähne zur Ruhe brachte.

Sie hatte Mike einmal gesagt, dass sie durch ihre Männer, damit meinte sie ihren Ehemann und ihre inzwischen erwachsenen Söhne, an solche testosterongesteuerten Alphamännchen gewöhnt war.

Mike ließ sich wieder in seinen Sessel zurückfallen.

„Wir stocken unsere SOKO auf, mit den paar Leuten schaffen wir es nicht, zumal wir jetzt wieder die Presse im Nacken haben und aufpassen müssen, dass nicht wieder die wildesten Gerüchte und Fakenews gestreut werden."

Er klang nicht glücklich, aber davon war er auch meilenweit entfernt. Drei Morde innerhalb kürzester Zeit, das war für Plauen ein absolutes Novum.

Als es am Beratungsraum klopfte zog er die Stirn kraus.

„Was ist?", fragte er ungewöhnlich schroff, als eine junge Beamtin im Türrahmen erschien, aber zu ihrem eigenen Erstaunen zur Seite geschoben wurde.

Kate trat in den Raum und steuerte auf Mike zu. Dieser nickte der Beamtin zu, die sich zurückzog. Scheinbar war sie neu im Präsidium, denn die meisten hier kannten Kate und hielten es für überflüssig, sie durchs Gebäude zu begleiten, was sonst für Besucher zwingend notwendig war.

Kate lächelte kurz den anderen Anwesenden zu und legte den geschwärzten Brief vor Mike auf den Tisch.

„Gut", sagte Mike zu Marianne Jäger, als sie in Richtung Südvorstadt fuhren. „Wir haben erst einmal nichts anderes als das die Schriftproben, zumindest nach erster Inaugenscheinnahme, identisch sind."
Er stoppte, weil vor ihm eine Straßenbahn hielt. Marianna Jäger sah aus dem Fenster und schwieg.
Als Mike wieder anfuhr, sagte sie: „Ich weiß nicht, irgendwie…"
Den Rest des Satzes schluckte sie hinunter.
Mike warf ihr einen kurzen Blick zu.
„Ich hätte mir auch gewünscht, Pfarrer Bromsig hätte uns den ganzen Brief gegeben. Am Ende lacht uns jeder Anwalt mit diesem Brief aus."
Marianne nickte.
„Trotzdem, das Kate ihn überhaupt dazu gebracht hat, den Brief uns zu geben, war toll."
Mike sagte nichts dazu. Einerseits behagte es ihm nicht, dass Kate in seine Fälle involviert war, andererseits kannte er niemand, der so einen scharfen und analytischen Verstand hatte wie sie. Das brachte ihn in einen ständigen Konflikt, so auch jetzt.
Er bog in die Fichtestraße ein und suchte einen Parkplatz.
Marianne deutete auf ein frisch abgeputztes Haus. „Hier ist es."
Mike stieg zeitgleich mit ihr aus. Im Erdgeschoss stand an der Klingel *Hermann, M.*
Sie sahen sich kurz an, dann drückte Mike auf den Klingelknopf. Eine angenehm dunkle Stimme ertönte. „Ja bitte?"

„Kriminalpolizei, Kommissarin Jäger und Hauptkommissar Köhler. Könnten wir kurz mit ihnen sprechen, Herr Herrmann?"

Es dauerte einen kurzen Augenblick, dann ertönte
der Summer. Mike drückte die Haustür auf und betrat hinter Marianne den Hausflur.

Diese ging ebenerdig zur ersten Wohnungstür, die
bereits angelehnt war.

„Kommen sie bitte herein", rief die Stimme von innen
und Mike sah Marianne fragend an.

Unwillkürlich tastete er nach seinem Pistolenholster,
dass er verdeckt unter dem Jackett trug.

Marianne, die seine Reaktion sah, runzelte leicht die
Stirn. Scheinbar hatte sie keine Bedenken, die Wohnung zu betreten. Also zuckte er die Schultern und
drückte die Tür, etwas energischer als nötig, nach innen auf.

Auf der Schwelle blieb er plötzlich stehen und starrte
auf den jungen Mann ihm gegenüber.

Marianne Jäger war sofort an Mikes Seite getreten, als sie sein Zögern bemerkt hatte und sah jetzt auch, warum er so reagiert hatte.

Maximilian Herrmann saß im Rollstuhl.

Er neigte leicht den Kopf in Richtung der beiden Polizisten und Mike glaubte, ein belustigtes Funkeln in den Augen des Mannes wahrzunehmen.

„Guten Tag. Bitte, kommen sie doch mit ins Wohnzimmer."

Schweigend folgten Mike und Marianne ihm und erlebten die nächste Überraschung.

An allen vier Wänden des Wohnzimmers hingen Kreuze, fast jeder freie Fleck war damit bedeckt.

Kreuze in den unterschiedlichsten Größen, Formen und Materialien.

In der Nische zwischen den beiden Fenstern stand eine fast lebensgroße Madonnenfigur.

Eine Weile schwieg Maximilian Herrmann, als wolle er den beiden Beamten Zeit geben, diesen Raum auf sich wirken zu lassen.

Dann schwenkte er erstaunlich geschickt und gewandt mit dem Rollstuhl herum und deutete auf die Couch.

„Nehmen sie doch bitte Platz. Darf ich ihnen etwas anbieten? Tee, Wasser?"

Beide schüttelten den Kopf. Maximilian Herrmann hob leicht die Hände.

„Es tut mir leid, dass ich ihnen keinen Kaffee anbieten kann, aber ich…"

„Es ist in Ordnung", fiel Mike ihm ins Wort, der

97

keine Lust verspürte einen Vortrag zu hören, warum der Mann vor ihm Kaffee, wohl aus religiösen Gründen, ablehnte.

„Herr Herrmann, ich möchte gleich zur Sache kommen. Haben sie das hier geschrieben?"

Er legte eine Kopie des Abschnittes des Briefes, den Kate ihm gegeben hatte, vor sich auf den Wohnzimmertisch. Die durch Pfarrer Bromsig geschwärzte Passage war nicht erkennbar.

Langsam fuhr Maximilian Herrmann an den Tisch heran und warf einen Blick auf den Bogen.

„Woher haben sie das?", fragte er und sah Mike an. Dieser schüttelte leicht den Kopf.

„Das beantwortet meine Frage nicht. Haben sie diese Worte geschrieben?"

Maximilian Herrmann sah von ihm zu Marianne und dann wieder auf das Papier.

„Ja. Ja, ich habe das geschrieben. Es war ein Traktat und ich habe es Herrn Pfarrer Bromsig überlassen, im Glauben daran, das er meine Gedanken, meine religiösen Darlegungen für sich behält, als eine Art..."

„Herr Pfarrer Bromsig hat niemand anderem, auch uns nicht, ihr, wie sie es nennen Traktat, gezeigt. Nur diese vier Worte."

Wieder hatte Mike ihn unterbrochen, für Marianne, die bisher die passive Rolle übernommen hatte, ein eindeutiges Zeichen dafür, das er derzeit keinerlei Geduld für irgendwelche Monologe aufbrachte.

Kein Wunder, stand er doch, wie sie alle, unter enormen Druck.

„Herr Herrmann, diese Worte und ihre Handschrift stehen in Verbindung mit drei Tötungsdelikten."

Der junge Mann sah Mike nachdenklich an.

„Meine Handschrift?", fragte er nach.

Der Angesprochene nickte.

„Ja. Wir haben es von einem Schriftsachverständigen prüfen lassen. Genau diese Handschrift, die sie als die ihre bezeichnen, ist an den drei Tatorten aufgetaucht."

Maximilian Herrmann lehnte sich in seinem Rollstuhl zurück. Er wirkte völlig entspannt und sah ruhig zwischen den beiden Beamten hin und her.

„Eine Kopie?", fragte er schließlich.

„Nein, eindeutig Originale", sagte jetzt Marianne, die bemerkte, dass Mikes Geduldsfaden langsam zu reißen schien.

Es war offensichtlich, dass Maximilian Herrmann weder sie noch die Situation sonderlich ernst zu nehmen schien.

Dieser räusperte sich schließlich.

„Das ist bedauerlich, aber wie kann ich ihnen helfen? Ich habe damit nichts zu tun."

Wie zur Bestätigung klopfte er auf die Reifen seines Rollstuhls und sah Mike an. Dieser ließ sich nicht provozieren.

„Haben sie außer Herrn Pfarrer Bromsig irgendjemand diese Worte geschrieben, in einem Brief eventuell?"

Maximilian Herrmann schüttelte langsam, aber bestimmt den Kopf.

„Nein, Herr Hauptkommissar, nur ihm. Muss ich befürchten das er etwas mit diesen Taten zu tun hat?"
Mike hielt unwillkürlich die Luft an. Besaß sein Gegenüber wirklich die Dreistigkeit, den alten Pfarrer zu beschuldigen? Er hatte von Kate erfahren, dass sich Herrmann aus der Kirche zurückgezogen hatte.
„Nein", sagte er lediglich und erhob sich. „Wir werden uns wieder bei ihnen melden, Herr Herrmann. Auf alle Fälle sogar."
Der Mann lächelte. „Aber natürlich. Sie sind immer herzlich willkommen."
„Wir finden allein hinaus, danke", sagte Marianne, als er ihnen in den Flur folgen wollte.
Nachdem sie schweigend das Haus verlassen hatten, sagte Mike: „Der füllt uns doch die Taschen."
Marianne sah ihn an und zuckte resigniert die Schultern, während sie die Beifahrertür öffnete.
„Das beweise ihm erst mal."

Kapitel 10

„Ich habe Herrn Doktor Feigler als Gutachter hinzu-
gebeten", sagte Mike zu den anderen Anwesenden
der Soko Culpa, als der Arzt den Beratungsraum betrat. Es war nichts ungewöhnliches, externe Gutachter hinzuzuziehen, zumal der Psychiater bereits in
mehreren Fällen der Polizei zur Seite gestanden hatte.
„Ich habe ihn um ein Gutachten, bezüglich eines Tä-
terprofils gebeten. Ich denke, wir sind uns alle einig,
dass der Täter psychisch schwer gestört sein muss",
ergänzte Mike, nachdem der Arzt Platz genommen
hatte. Dieser lehnte sich etwas zurück und nickte in
die Runde.

„Wir müssen natürlich vorsichtig sein, da uns wenig
verwertbare Daten zur Verfügung stehen", sagte er
und sah zu Mike. „Allerdings kann ich zumindest sagen, dass es sich um einen Mann zwischen dreißig
und vierzig Jahren handeln sollte, intelligent, wahrscheinlich Akademiker, sehr gut strukturiert. Er ist in
der Lage, seine Arbeitszeit, zumindest in Teilen, frei
einteilen zu können. Wahrscheinlich besitzt er ein
Haus oder ein Grundstück, wo er die Männer eine
Weile gefangen halten konnte."

„Außerdem muss er über eine gewisse körperliche
Kraft verfügen. Schließlich hat er sie entführt und
wieder an den Ort gebracht, wo er sie schließlich getötet hat. Wenn schon nicht Franz Wellenkamp, aber
Horst Baumann und auch Karli Horweck waren nicht
ganz ohne", ergänzte Karsten Windisch die

Ausführungen des Psychiaters.

Mike schüttelte den Kopf. „Bis auf das mit der Kraft trifft alles wunderbar auf Maximilian Herrmann zu."

Marianne Jäger runzelte die Stirn.

„Er wohnt in einer Mietwohnung", wandte sie ein.

Karsten Windisch hielt sein Tablet hoch.

„Er hat ein Grundstück inklusive leerstehendem Haus von seinen Eltern in der Possig geerbt. Steht schön entlegen."

Mike hob beide Hände. „Bei der Spurenlage bekommen wir nie und nimmer einen Durchsuchungsbeschluss dafür", sagte er.

„Nun", wandte Doktor Feigler ein. „Ohne gegen die ärztliche Schweigepflicht zu verstoßen, kann ich ihnen versichern, dass Maximilian Herrmann nicht ihr Mann sein kann. Das wird ihnen auch der Kollege Amri bestätigen."

Er nickte zu Omar, der sich wie auf Stichwort nach vorn beugte.

„Maximilian Herrmann hat Multiple Sklerose und das in keinem sehr erfreulichen Verlauf. Auch wenn er derzeit keinen akuten Schub hat, es wäre für ihn schlichtweg unmöglich über eine längere Zeit zu stehen, geschweige ohne Gehstützen zu laufen."

Mike ließ sich in seinem Sessel zurückfallen und sah zwischen den beiden Ärzten hin und her.

„Kein Irrtum möglich?", fragte er, obwohl er die Antwort schon kannte.

Die beiden Angesprochenen schüttelten synchron die Köpfe.

Mike klatschte mit der Hand auf den Tisch.

„Trotzdem, Herrmann ist der Schlüssel zu allem. Es sind seine Worte und seine Handschrift."

„Dann hat er es geschrieben und jemand anderem zur Verfügung gestellt", warf Frieder Lein ein.

Der junge Kriminalanwärter hatte gerötete Wangen, zweifelsohne vor Aufregung, erstmals in einer so großen Soko mitwirken zu dürfen.

Mike nickte in seine Richtung.

„Ja und er weiß, dass wir ihm nichts anhaben können. Es ist nichts dabei, diese Worte auf Zettelchen zu schreiben", warf Marianne ein.

Doktor Feigler runzelte leicht die Stirn.

„Also gehen sie nicht von einem Einzeltäter aus?", fragte er und blickte in die Runde der Beamten. Es war nicht zu übersehen, dass er nicht an mehrere Täter glaubte, die zusammen agierten.

Omar, der gerade die Kaffeekanne herum reichte, wandte sich seinem Kollegen zu.

„Herrmann könnte der Kopf hinter der ganzen Sache sein", sagte er, noch ehe Mike etwas einwerfen konnte.

Karsten Windisch blies die Wangen auf und sah in Omars Richtung. Der Pathologe biss gerade genussvoll in ein Croissant.

„Du meinst, es könnten mehrere an dieser Sache beteiligt sein?"

Omar nickte und einige der Croissantstückchen fielen zu Boden. Ungeachtet dessen wischte er sich Hände und Mund an einer Serviette ab und lehnte sich zurück.

„Alles, was Kollege Feigler über ein mögliches Täterprofil gesagt hat, trifft auf Herrmann zu. Nur er kann die Männer weder entführt noch getötet haben. Ich denke, wir haben den Kopf, jetzt suchen wir den oder die Laufburschen."

Mike nickte langsam.

„Aber wir bekommen keinen Zugang auf Herrmanns PC oder sein Smartphone. Nicht bei dieser Beweislage."

Frank Keilwert, als Hauptkommissar des Fachbereich Internetkriminalität ebenfalls Mitglied der Soko, nickte bekümmert, aber dann hellten sich seine Gesichtszüge etwas auf.

„Du hast recht, Mike. WIR bekommen keinen Zugriff."

Er ließ diese Worte im Raum stehen und jeder hier wusste, was er damit meinte, auch wenn er es, aus nachvollziehbaren Gründen, nicht aussprechen konnte.

Mike warf ihm einen Blick zu, der alles sagte.

„Na was? Es wäre doch nicht das erste Mal", murmelte Omar und zwinkerte ihm zu.

Seufzend und etwas resigniert winkte Mike ab.

„Wenn der Typ wirklich so schlau ist, wird er wohl kaum einen einfachen, digitalen Fingerabdruck hinterlassen haben", sagte Steven Neubauer und nahm einen Schluck von dem grünen Tee, den Kate für ihn auf ihrer Terrasse serviert hatte.

Sie und Mike hatten einen Pott Kaffee vor sich stehen. Unten im Garten wuselte Ernst Winter mit zwei Männern in legerer Freizeitkleidung herum.

Es waren die Besitzer des Festzeltverleihs, die sich für heute angesagt hatten und daher musste Kate die kurzfristige Arbeitsberatung zu sich verlegen.

„Gehen sie nur nach oben, Katherina, ich regle das schon. Und wenn noch Fragen sind, rufen wir sie einfach dazu", hatte Herr Winter gesagt und sie wie eine entwichene Henne zurück auf die Terrasse gescheucht.

Lächelnd war Kate dem nachgekommen, wusste sie doch, dass Ernst Winter die Sache 100% im Griff hatte und sie sowieso bei diesem Gespräch nur dekoratives Beiwerk gewesen wäre.

Sie wandte ihren Blick Mike zu, der mit gerunzelter Stirn den Verhandlungen am Ende des großen Gartens folgte, die er nicht verstehen konnte, aber anhand der großräumigen Gesten von Ernst Winter zumindest in groben Zügen erahnen konnte.

„Soll ich…", fragte er zögerlich und Kate schüttelte energisch den Kopf.

„Bloß nicht. Herr Winter hat gesagt, du sollst auf keinen Fall dazukommen. Sie würden dich finanziell über den Tisch ziehen."

Mike stöhnte leise auf, wandte sich dann aber wieder
Steven zu, der mit einem Grinsen die beiden beobachtete.

„Mir gefällt die ganze Sache nicht", sagte Mike
schroff und Steven zog die Augenbrauen nach oben.

„Das Herr Winter das mit dem Zelt allein klärt oder
das ich das für euch recherchieren soll?"

Während Kate leise lachte, maß Mike sie und Steven
mit einem strafenden Blick.

„Spaßwaffel", murmelte er zu dem jungen Mann und
fuhr sich über die Stirn. „Wenn du irgendetwas her-
ausfindest…"

„Ziehe ich mich leise zurück und sag Frank Bescheid", unterbrach Steven ihn und stand auf.

„Danke für den Tee", sagte er, an Kate gewandt und
klopfte Mike auf die Schulter.

„Lass mich nur machen", ergänzte er, gab Kate einen
Kuss auf die Wange und sprang die Treppen der Terrasse hinunter in den Garten.

Kate sah zu Mike, der langsam seine Kaffeetasse hob.

„Jetzt schau nicht so. Ihr habt doch gar keine andere
Wahl, Steven hatte doch auch in anderen Fällen Erfolg. Denk an die Geschichte mit Petro Lässig."

Mike stellte die Tasse zurück.

„Ja, dank Steven und diesem ominösen Wulf, alias
Kolja Nasab, davon bin ich zu 100% überzeugt, dass
der hinter dem Wulf steckt, haben wir Lässig dingfest
gemacht", gab er zögernd zu.

Kate stand auf, da sich Herr Winter der Terrasse näherte und zu ihr hoch winkte.

Scheinbar war jetzt doch ihre Meinung gefragt.

„Na also, dann hoffe mal das Beste", sagte sie und eilte die Stufen hinab.

Kopfschüttelnd sah Mike ihr nach, wie sie, eifrig mit dem alten Herrn diskutierend, über den Rasen eilte.

Er wusste, dass er sich auf ganz, ganz dünnem Eis bewegte und das verursachte ihm Bauchschmerzen.

Aber welche Alternative blieb ihnen?

Kate hatte recht, bisher verliefen alle Spuren im Sand und es bestand die Gefahr, dass der Täter wieder zuschlug, und zwar bald.

„Was heißt nichts?", fragte Mike Frank Keilwert, der entnervt die Hände in die Luft warf.

„Nichts heißt nichts. Steven hat keine einzige Spur gefunden, nichts, nothing, nada, cero, niente."

Noch ehe er fortfahren konnte, kam Karsten Windisch in den Beratungsraum gerannt.

Er warf die Tür so heftig zu, dass alle Anwesenden aufschreckten und Omar, der hinter ihm eintrat, nur den Kopf schüttelte.

„Geht's auch etwas weniger impulsiv?", brummte er und ließ sich auf seinen Stammplatz am Beratungstisch fallen.

„T´schuldigung", murmelte der Leiter der Spurensicherung in seine Richtung und sah alle anderen triumphierend an. „Wir haben eine DNA- Spur", verkündete er mit fast feierlicher Miene.

„Schön." Omar schien ihm die Tatsache, dass er ihm die Tür fast an den Kopf geworfen hatte, noch nachzutragen.

Karsten Windisch warf ihm einen kurzen Blick zu, der alles sagte und wandte sich dann an Mike.

„Und wir haben einen Treffer dazu. Haltet euch fest."

Jetzt war ihm die gesamte Aufmerksamkeit aller im Raum befindlichen sicher. Er schloss schnell seinen Laptop an und ein Foto leuchtete am Board auf.

Erst sagte niemand etwas, aber dann war es Omar, der als erstes die Sprache wiederfand.

„Das glaubst du wohl selbst nicht", war sein einziger Kommentar.

Bogdan Serwowitsch sah Mike eine Weile schweigend an, dann erhob er sich und öffnete die Tür.

„Ich möchte nicht gestört werden", sagte er zu einem seiner persönlichen Bodyguards, die vor der Tür bereitstanden. Dann schloss er diese wieder langsam und nahm Platz. Er sah schließlich zu Mike und holte tief Luft.

„Ich danke ihnen, dass sie darauf verzichtet haben, mich auf das Polizeirevier bringen zu lassen, Herr Hauptkommissar", sagte er schließlich und unwillkürlich glitt sein Blick zu Kate, die neben Mike saß, als wisse er genau, wem er die Tatsache, nicht vorgeführt zu werden, in Wahrheit verdankte.

Diese hatte darauf bestanden, Mike zu Serwowitsch zu begleiten, so sehr dieser sich auch dagegen zu wehren versuchte.

„Auch nur daran zu denken, dass Serwowitsch irgendetwas damit zu tun haben könnte, ist doch glatter Unsinn", hatte sie alle Einwände beiseitegeschoben und war zu Mike ins Auto gestiegen. Wenn er keine förmliche Szene im Umfeld seiner Kollegen machen wollte, blieb ihm nichts weiter übrig als sie mitzunehmen. Er konnte sich noch gut an Marianne Jägers Grinsen erinnern, als er in den Rückspiegel geschaut hatte.

Jetzt sah er Serwowitsch eindringlich an.

„Wie erklären sie sich, dass wir ihre DNA nachweisen konnten, und zwar an zwei der drei Toten?", fragte Mike jetzt. Dabei fiel sein Blick auf das schlichte silberne Kreuz, dass der Plauener

Bordellkönig um den Hals trug. Diesem war sein Blick wohl bewusst.

„Und jetzt denken sie, Herr Hauptkommissar, weil ich ein gläubiger Mensch bin, würde ich als Täter von religiös motivierten Morden in Frage kommen?" Serwowitsch blieb ruhig, in seiner Stimme klang keinerlei Erregung oder Verärgerung mit.

„Mir geht es in aller erster Linie um die DNA- Spur, erst in zweiter Linie um ein mögliches Motiv", sagte Mike. Er war nicht verwundert, dass Serwowitsch bereits alle Details zu kennen schien. Dieser hatte exzellente Verbindungen und es wurde gemunkelt, auch in Polizeikreise hinein. Das Kate ihm irgendetwas an Informationen zugespielt haben könnte, schloss er aus, dazu vertraute er ihr inzwischen zu sehr. Serwowitsch erhob sich und ging zu seinem Computer. Dann sah er wieder zu Mike.

„Ich kann ihnen nicht sagen, wie meine DNA an diese Männer gekommen ist, obwohl ich hoffe, mich nicht zu verdächtig zu machen, wenn ich sage, dass sich mein Mitleid mit diesen Elementen ziemlich in Grenzen hält."

Mike setzte sich etwas aufrechter hin.

„Kannten sie die Toten?"

Er spürte, wie sich auch Kate neben ihm bewegte, vermied es aber, zu ihr zu schauen.

Serwowitsch nickte. „Kennen ist zu viel gesagt, aber ich bin Baumann zwei, dreimal begegnet. Er war ein Zocker und hatte Schulden. Aber er hat sie schließlich beglichen. Es war nicht die Tatsache, dass er

Schulden hatte. Ich weiß, wie er die Leute behandelt hat, die in seinem Umfeld lebten. Er war eine ganz miese Ratte."

Kate erinnerte sich daran, was ihr Sven Neubert über seinen Nachbarn Baumann erzählt hatte.

Inzwischen sah Serwowitsch Mike eindringlich an.

„Aber sie glauben doch nicht im Ernst, Herr Hauptkommissar, dass ich ihn deswegen umgebracht hätte?"

Dieser ging auf die Frage nicht ein. „Kannten sie auch Franz Wellenkamp und Karli Horweck?"

Serwowitsch stand noch immer an seinem Schreibtisch. „Wellenkamp, das war der erste Tote?"

Als Mike keine Regung zeigte, ließ er seinen Blick zu Kate schweifen und diese nickte. Warum sollte man es ihm nicht bestätigen, wenn er es denn schon ahnte. „Nein, den alten Mann kannte ich nicht."

Gut, das würde erklären, warum an diesem nichts von Serwowitschs DNA zu finden war. Aber kamen wirklich zwei Täter in Frage?

„Aber Horweck, man munkelte, er habe etwas mit Kinderprostitution zu tun", fuhr Serwowitsch fort und verzog angeekelt sein Gesicht. „Das ist das Allerletzte, Herr Hauptkommissar und bevor sie mich darauf hinweisen, dass das aus meinem Mund etwas seltsam klingt. Die Frauen, die für mich arbeiten, tun dies aus freien Stücken. Ich lehne Zwangsprostitution ab und Kinder…"

Er schloss kurz die Augen und schüttelte dann stumm den Kopf. Mike musterte ihn einen

Augenblick. Dann sah er doch zu Kate, die seinem Blick begegnete. Sie schüttelte kurz den Kopf.

Er wusste, dass sie in ihrer Anfangszeit in Plauen so ihre Probleme mit Serwowitsch gehabt hatte, aber inzwischen, besonders auch der Tatsache geschuldet, dass sie in mehreren Fällen zusammengearbeitet hatten, hatte sich, wenn schon keine Freundschaft, so doch eine geschäftliche Beziehung auf Augenhöhe entwickelt.

Er sah, dass Kate Serwowitsch glaubte und auch er war geneigt, ihm seine Betroffenheit Horwecks kriminellen Dingen gegenüber abzunehmen.

„Haben sie ihn je getroffen?", hakte Mike nach.

Serwowitsch nickte.

„Er war einmal hier. Er wollte mich wohl für seine Art…Geschäft gewinnen. Ich habe ihn rauswerfen lassen, ehe er noch deutlicher werden konnte."

Dass er so ehrlich in seinen Aussagen war, machte ihn unwillkürlich verdächtig.

„Wer wusste davon?", hakte jetzt Kate nach, die bisher geschwiegen hatte.

Serwowitsch zuckte die Schultern. „Bestimmt haben es alle meine Mitarbeiter mitbekommen. Ich war nicht gerade leise und die beiden Jungs, die ihn…nun ja, etwas unsanft, das gebe ich zu, nach draußen befördert haben, waren es auch nicht."

Er deutete auf seinen PC.

„Also wenn sie mir sagen, Herr Hauptkommissar, wann die beiden getötet wurden, könnte ich nachsehen, ob ich vielleicht ein Alibi habe?"

„Er war es nicht", sagte Kate, nachdem sie wieder in Mikes Wagen saßen. Dieser hatte beide Hände aufs Lenkrad gelegt und machte keine Anstalten loszufahren. Schließlich sah er sie an.

„Du weißt wohl am allerbesten, dass ich in Teufels Küche komme, ja? Ich hätte dich nie zu einer offiziellen Befragung mit hier hernehmen dürfen und glaub mir, Serwowitsch weiß das auch. Seine Anwälte würden mich in der Luft zerreißen, wenn ich irgendetwas aus diesem Gespräch…"

Er brach ab, als Kate ihre Hand sanft auf die seine legte.

„Das weiß ich doch", sagte sie leise. „Wenn ich nur einen Augenblick geglaubt hätte, er hätte etwas mit dieser Sache zu tun, wäre ich nicht mit dir hierhergefahren. Jemand weiß, dass er zu beiden Toten Kontakt hatte, und das nutzt er aus. An seine DNA zu kommen ist doch nicht schwer, oder?"

Mike schwieg eine Weile, dann startete er den Wagen.

„Du hast recht", sagte er, ohne Kate anzusehen.

„Trotzdem hat er kein Alibi, also jedenfalls keins, das einer näheren Überprüfung standhalten würde."

Während sie in Richtung Kaiserstraße fuhren, lehnte sich Kate etwas zurück.

„Von dieser Spur abgesehen habt ihr keine Richtige, stimmts?"

Mike sah kurz zu ihr hinüber. „Das ist ja das vertrackte, nichts Konkretes."

Eine Antwort erhielt er darauf nicht.

„Ich habe einfach Angst, dass wieder ein neuer Mord geschieht", sagte Kate und sah Pfarrer Bromsig an. Dieser schaute ausgesprochen betroffen drein und es tat ihr leid, ihn jetzt so unter Druck zu setzen. Aber er schien ihr irgendwie der Einzige, der etwas Licht in diese Sache bringen könnte.

„Ihnen fällt wirklich niemand ein, mit dem Maximilian Herrmann zusammen agieren könnte?"

Der Geistliche schüttelte den Kopf. Dann sah er Kate fest an.

„Glauben sie mir, Katherina, ich habe mir wieder und wieder Gedanken darüber gemacht, aber mir fällt niemand ein. Außerdem ist es schon eine ganze Weile her und Maximilian ist nicht mehr gekommen, da sind sicher auch die Verbindungen zu den anderen Jungs abgerissen."

„Scheinbar nicht", murmelte Kate mehr zu sich selbst.

Pfarrer Bromsig strich leicht über ihre Hand.

„Es tut mir leid, dass ich ihnen nicht weiterhelfen kann. Hoffen wir, dass es der Polizei gelingt diesen Menschen zu stoppen."

Kate nickte geistesabwesend. Dann wandte sie sich dem Pfarrer wieder zu.

„Sagen sie, ist eigentlich Bogdan Serwowitsch Kirchenmitglied?"

Der Geistliche sah sie erstaunt an. „Sie kennen sich?"

Kate nickte, obwohl das nicht ihre Frage beantwortete, zumindest nicht direkt.

„Ja, er ist. Wenn auch derzeit kein aktives

Gemeindemitglied mehr. Er hat uns, gerade in der Jugendarbeit, schon mehrfach finanziell großzügig unterstützt, aber auch persönlich. Ich kann nicht sagen, dass ich sein Handeln für gutheiße, ich meine das, was er seinen Beruf nennt, aber…"

Er brach ab, als sei es ihm peinlich darüber zu sprechen.

„Zumindest hat er seine Grundsätze", führte Kate seine Gedanken zu Ende und der Geistliche lächelte etwas.

„Nun ja, so könnte man es sagen."

Dann wurde er wieder ernst.

„Ist er in Schwierigkeiten?"

Kate seufzte etwas, war sich dann aber sicher, dass alles, was sie Pfarrer Bromsig erzählen würde, in diesem Raum blieb. Also gab sie ihm einen kurzen Überblick über die neusten Entwicklungen.

Der Geistliche schüttelte den Kopf.

„Nein, ausgeschlossen. Dazu halte ich ihn einfach nicht für fähig. Er mag manchmal in unlautere Geschäfte verwickelt sein, das ja. Aber so grausame Morde? Nein."

Kate erhob sich.

„Ich bin froh, dass sie das auch so sehen, Herr Pfarrer", sagte sie und verabschiedete sich von ihm.

Gerade wollte sie in ihr Auto steigen, dass sie an der Gustav-Adolf-Straße geparkt hatte, als Mike anrief.

„Ich war gerade noch einmal bei Pfarrer Bromsig. Serwowitsch ist, wenn auch kein aktives, aber immerhin Gemeindemitglied. Und er engagiert sich in der Jugendarbeit", fasste sie kurz zusammen und legte ihre Tasche auf den Beifahrersitz.

„Verdammt", hörte sie Mike sagen und runzelte die Stirn.

Ihr war nicht klar, warum er jetzt so reagierte, bis er nach einer Weile sagte: „Das LKA übernimmt den Fall. Dann kannst du dir denken, auf wen sie sich zuerst stürzen werden."

Kate warf die Beifahrertür zu und ging um ihr Auto.

„Ja", sagte sie nur und stieg ein. Jetzt wusste sie, was sie zu tun hatte.

Kapitel 11

„Frau Schulz, ich weiß ihre Sorge durchaus zu schätzen, ja, sie erstaunt mich sogar."
Bogdan Serwowitsch sah Kate eindringlich an, dann deutete er auf einen Sessel und wartete bis sie sich gesetzt hatte. Erst dann nahm er ebenfalls Platz.
Er goss ihr und sich eine Tasse Kaffee ein und lehnte sich dann entspannt zurück.
„Wenn das LKA den Fall übernimmt, sind sie der erste Kandidat auf deren Liste. Erstens, ihre DNA-Spuren auf zwei der Toten. Zweitens könnten sie theoretisch Maximilian Herrmann kennen, durch die…"
Serwowitsch beugte sich etwas nach vorn.
„Maximilian? Was hat der mit der Sache zu tun?"
Kate verstummte und starrte ihr Gegenüber an.
„Was, sie kennen Maximilian?"
Er nickte.
„Ja. Also, in den letzten Jahren habe ich ihn nur noch dann und wann getroffen. Aber seit einiger Zeit sitzt er im Rollstuhl. Ich war ihm in einer Sache behilflich."
Zahlreiche Gedanken fuhren in Kates Kopf gerade Achterbahn.
„Bei was behilflich?"
Als Serwowitsch statt einer Antwort nur eine Augenbraue nach oben zog, warf sie ihm ihren FBI-Blick, wie Mike es nannte, zu.
„Bei was behilflich?", wiederholte sie.
Serwowitsch atmete hörbar aus.

„Hören sie, ich gehe mit solchen Sachen nicht gern hausieren. Also, er hatte mich kontaktiert, weil es Probleme mit seinem Rollstuhl gab. Die Kasse hat ihm nur ein ziemlich minderwertiges Produkt genehmigt und er konnte sich nichts Besseres leisten. Er wusste noch von früher, dass ich bei ähnlichen Projekten geholfen habe."

Kate war auf den vorderen Rand ihres Sessels gerutscht.

„Also waren sie bei ihm?"

Er sah sie verwundert an.

„Ja natürlich. Ein paar Mal. Kurzum, ich habe seinen Rollstuhl finanziert, damit er auch draußen voll beweglich ist, soweit man das sagen kann. Hätten sie jetzt vielleicht ihrerseits die Güte mich aufzuklären?"

Kate seufzte auf. Wenn sie jetzt Insiderwissen verriet und Serwowitsch tatsächlich… Nein.

Sie lehnte sich entschlossen zurück und erzählte ihn von den Zetteln im Mund der Toten und das es sich um Maximilian Herrmanns Schrift handelte.

Serwowitsch blinzelte und schüttelte dann langsam den Kopf.

„Irrtum ausgeschlossen?"

Kate zuckte die Schultern. Sie sah, dass ihr Gegenüber sichtlich geschockt war. Er rieb sich zweimal über die Stirn und sah sie dann an.

„Glauben sie, dass ich mit Maximilian gemeinsame Sache mache?"

„Gut", sagte Mike. „Oder auch nicht gut."

Er sah auf die Tafel, die Marianne Jäger nach ihrer altbewährten Methode angelegt hatte.

„Wann schlagen die Kollegen vom LKA hier auf?"

Marianne Jäger zuckte die Achseln.

„Morgen, so haben sie es jedenfalls angekündigt. Jedenfalls bleibt uns nicht mehr viel Zeit."

Mike erhob sich und trat zu der Tafel.

„Sie werden sich auf Serwowitsch einschießen, da bin ich mir sicher. Seine DNA ist auf zwei der drei Toten, er kannte sie persönlich…"

„Und er kennt auch unseren persönlichen Favorit, Maximilian Herrmann", fuhr Frank Keilwert dazwischen und deutete dabei auf seinen Laptop.

„Das hat Steven herausgefunden", erklärte er unumwunden, denn die Anwesenden in dem Raum wussten, dass Steven Neubauer nicht ganz legal die Verbindungen von Herrmann überprüft hatte. Als alle zu ihm hinsahen, fuhr er fort.

„Er hatte einen ziemlich regen E-Mailverkehr mit Herrmann, es ging unter anderen um einen Rollstuhl, den Serwowitsch finanziert hat."

Mike schüttelte den Kopf. „Davon hat er keinen Ton gesagt."

Er klang mehr als verärgert. Marianne sah ihn an.

„Du glaubst, er könnte doch etwas damit zu tun haben?"

Mike holte tief Luft. „Sind wir mal ehrlich. Alles was Doktor Feigler über den Täter gesagt hat, trifft auch auf Serwowitsch zu."

„Natürlich glaube ich nicht, dass sie mit ihm gemeinsame Sache gemacht haben", sagte Kate und musterte Serwowitsch.

Dieser nickte leicht in ihre Richtung.

„Danke", sagte er.

„Aber kennen sie noch andere junge Männer aus Herrmanns Umfeld? Jemand, den er vielleicht schon von damals kannte, aus der Jugendgruppe der Kirche?"

Serwowitsch seufzte etwas.

„Wissen sie wie lange das her ist, Frau Schulz?"

Kate erhob sich. „Kommen sie, wir fahren zu Pfarrer Bromsig. Er hat noch ein Album mit alten Bildern aus der Zeit, als Maximilian Herrmann in der Jugendgruppe aktiv war. Vielleicht fällt ihnen der eine oder andere Name wieder ein."

Kate sah in der Miene ihres Gegenübers, das dieser nicht wirklich daran glaubte, aber er war scheinbar zu höflich, um ihren Vorschlag Grund weg abzulehnen. Also erhob auch er sich.

„Wir fahren mit meinem Wagen", sagte sie im hinausgehen und Serwowitsch sagte leise etwas zu seinem Bodyguard, was dieser mit einem Stirnrunzeln quittierte.

Kate blieb stehen und sah den hochgewachsenen, durchtrainierten Mann an.

„Keine Angst, er ist bei mir in sicheren Händen."

Scheinbar hatte der Mann bereits von ihr gehört und der Tatsache, dass sie in ihren ersten Wochen hier in Plauen zwei Mitarbeiter von Serwowitsch, die ihr zu nahegetreten waren, im wahrsten Sinne des Wortes auf die Bretter geschickt hatte.

Zumindest konnte Kate ein leichtes Funkeln in seinen Augen entdecken als er nickte.

Die Fahrt zu Pfarrer Bromsigs Wohnung hinter der Neundorferstraße verlief ruhig.

Bogdan Serwowitsch sah aus dem Wagenfenster und auch Kate hatte kein gesteigertes Interesse an einer Unterhaltung. Sie hoffte inständig, dass sich Serwowitsch an irgendeinen Zusammenhang zwischen den Jungs der ehemaligen Jugendgruppe und Maximilian Herrmann erinnern konnte. Eine weitere Idee hatte sie einfach nicht, als dass es jemand in der Vergangenheit von Herrmann geben musste, dem er vertraute und der seine religiösen Ideen, nein, seinen religiösen Wahn, verbesserte sie sich, teilte.

An der Weisestraße parkte sie ihr Auto und sie läuteten an der Pforte des kleinen, gepflegten Hauses.

Nach einer Weile öffnete Frau Schwarzenberger, Pfarrer Bromsigs Hausdame, wie er sie nannte, eine kleine, zierliche Endsechzigerin mit einer modernen Kurzhaarfrisur.

Sie blinzelte etwas erstaunt, fasste sich aber sofort.

„Frau Schulz, Herr Serwowitsch?"

Natürlich kannte sie alle Gemeindemitglieder und obwohl Kate eigentlich nur zu den sporadischen Kirchgängern gehörte, hatte diese Frau Voigt, also deren Großmutter, wie sie glaubte, gekannt.

„Wir wollten zu Pfarrer Bromsig. Ich weiß, wir sind nicht angemeldet, aber es ist dringend", sagte Kate.

Frau Schwarzenberger runzelte leicht die Stirn.

„Aber er..."

In diesem Moment klingelte im Inneren des Hauses das Telefon. „Einen Moment bitte", sagte die Hausdame und ging hinein.

Kate musste sich Mühe geben ihre Ungeduld zu zügeln.

Jetzt trat Frau Schwarzenberger wieder auf den Podest. Sie wirkte verwirrt.

„Eben hat mich Frau Clausen, die Sekretärin, angerufen. Herr Pfarrer hätte heute um siebzehn Uhr eine Trauergruppe gehabt, aber er ist nicht erschienen. Dabei ist er kurz nach sechszehn Uhr hier aufgebrochen, gleich nach dem Kaffeetrinken. Ich verstehe das nicht."

Kate sah Bogdan Serwowitsch alarmiert an. Dann wandte sie sich wieder an die Hausdame.

„Vielleicht hat er jemand getroffen? Irgendein akutes Problem?"

„Dann hätte er angerufen. Er hat doch ein Smartphone", entgegnete die ältere Frau.

Kate zog ihr IPhone aus der Tasche.

„Geben sie mir bitte seine Nummer."

Ohne zu zögern, sagte diese die Zahlenfolge an.

Kate wählte die Nummer, aber nur die Mailbox sprang an.

„Gut", sagte Kate, um Ruhe bemüht. „Wir fahren jetzt zur Kirche und sprechen mit Frau Clausen. Sollten sie inzwischen etwas von ihm hören, rufen sie mich bitte an. Wir melden uns. Keine Sorge, bestimmt gibt es eine einfache Erklärung dafür."

Sie reichte der Hausdame ihre Karte und lächelte sie mit mehr Zuversicht an, als sie tatsächlich empfand.

Im Auto angekommen, rief sie als erstes Steven an. Sie hatte Glück und dieser ging sofort an sein Telefon. Ohne sich lange mit einer Vorrede aufzuhalten, bat sie ihn Pfarrer Bromsigs Smartphone zu tracken.

„Ich melde mich", sagte Steven ebenso kurz und legte auf.

Inzwischen hatte sie das Auto in Richtung Richard-Hoffmann -Straße gelenkt und bemerkte anerkennend, dass Bogdan Serwowitsch alles was sie bisher getan hatte, lediglich schweigend zu Kenntnis nahm.

Nachdem sie eingeparkt, sah er sie an.

„Soll ich mit aussteigen?", fragte er nur und sie nickte.

Sie sahen, dass vor dem Gemeindehaus einige Leute auf- und abgingen. Scheinbar jene Teilnehmer der Trauergruppe, die der Geistliche heute betreuen wollte. Sie bemerkten auch Frau Clausen, die Sekretärin, die scheinbar alle Anwesenden beruhigen wollte. Als sie Kate und Serwowitsch sah, eilte sie ihnen entgegen.

„Ich kann mir das nicht erklären. Herr Weinhold, ein Gemeindemitglied, der uns manchmal bei der Bestuhlung aushilft, war durch Zufall da. Er ist den Weg entlang gegangen, den der Herr Pfarrer sonst immer nimmt. Wir hatten Angst, dass er einen Unfall hatte oder einen Schwächeanfall. Aber er hat nichts gefunden, auch keine Spur von ihm. Ich habe bereits im Krankenhaus nachgefragt, in der Notaufnahme, auch nichts. Frau Schwarzenberger hatte mich ja bereits informiert."

Kate bewunderte das strategische Vorgehen der Frau. Noch ehe sie antworten konnte, läutete Kates IPhone. Ihre Hoffnung, es sei Frau Schwarzenberger, um zu sagen, dass Pfarrer Bromsig wieder zu Hause sei, zerschlug sich augenblicklich, als sie Stevens Nummer sah.

„Hallo Kate, ich habe es lokalisiert. Es ist ganz in der Nähe der Kirche."

„Danke." Kate legte auf.

„Das Smartphone von Pfarrer Bromsig muss im Umkreis der Kirche sein", sagte sie zu Frau Clausen. Diese nickte nur und verschwand im Gemeindehaus. In relativ kurzer Zeit kehrte sie mit drei Männern zurück.

„Wo sollen wir suchen?", fragte sie Kate. Diese sah Serwowitsch an. „Am besten wir teilen uns in drei Gruppen a zwei Leute auf. Dann suchen wir systematisch genau abgesteckte Bereiche ab."

Alle nickten und Kate übernahm die Einteilung. Sie selbst übernahm mit Serwowitsch den Bereich gegenüber der Kirche, der relativ stark mit Büschen bewachsen war.

„Was glauben sie ist mit ihm passiert?", fragte Serwowitsch nach einer Weile leise.

Kate, die gerade mit einem Stock einen Einmalkaffeebecher angehoben hatte, sah zu ihm hin.

„Wenn ich glauben will, gehe ich da rein."

Sie deutete auf das Kirchenportal. Dann zuckte sie leicht die Schultern.

„Sorry, aber ich mache mir Sorgen."

Er nickte nur. „Ich auch", sagte er knapp.

„Ich befürchte, er wurde ebenfalls entführt. Verdammt noch mal, wir müssen eine Spur finden."

In diesem Moment rief einer der Männer, der direkt im Umkreis der Kirche gesucht hatte. „Ich hab was."

Kate richtete sich auf und er deutete auf einen großen Blumenkübel.

„Nichts anfassen", rief sie zurück und der Mann streckte die Hände in die Höhe.

Kate reichte Serwowitsch ihren Autoschlüssel.

„Im Handschuhfach sind Einmalhandschuhe und Tatortbeutel. Holen sie die mir bitte?"

Wortlos nickte dieser und sprintete zum Wagen, während Kate zu dem Blumenkübel ging.

Dieser war sehr geschmackvoll mit Geranien und Husarenknöpfchen bepflanzt.

Direkt in der Mitte, halb in der Erde vergraben, ragte ein Smartphone heraus.

Kate nahm ihr IPhone und machte einige Fotos von der Auffindesituation. Inzwischen war auch Bogdan Serwowitsch herangeeilt und reichte Kate die Handschuhe. Nachdem sie sie übergestreift hatte, zog sie das Smartphone heraus.

Sie hielt es Frau Clausen hin. „Gehört das Pfarrer Bromsig?"

Sie sah, wie die Frau schluckte und dann nickte.

„Ja, das ist seins."

Kate ließ es in den Tatortbeutel gleiten und verschloss diesen.

„Was werden sie jetzt tun?", fragte sie Kate.

„Ich werde die Polizei verständigen. Aber vorher habe ich noch eine Bitte. Herr Pfarrer Bromsig hat mir ein Album mit alten Fotos von der Jugendarbeit gezeigt. Das muss so vor ungefähr fünfzehn bis zwanzig Jahren gewesen sein. Es geht um diese Bilder. Könnten sie es mir geben? Er bewahrte es im Schreibtisch des kleinen Raumes auf, den er hier noch als Büro nutzt."

Frau Clausen starrte sie an, als habe sie den Verstand verloren, aber dann schien sie blitzschnell zu kombinieren. „Sie wollten ihn deshalb aufsuchen?"

Kate nickte.

„Ja. Und vermutlich hängt sein Verschwinden damit zusammen."

Mehr konnte und wollte sie nicht sagen.

Die Sekretärin nickte und eilte in Richtung Kirche. Es dauerte keine fünf Minuten, da kam sie mit dem Album unter dem Arm zurück.

„Das müsste es sein", sagte sie etwas abgehetzt und reichte es Kate.

Diese nickte, denn sie erkannte es wieder.

„Ich nehme es mit und verständige die Polizei. Sie bleiben bitte hier und halten sich zur Verfügung."

Damit sprintete sie, das Album unter dem Arm, in Richtung Auto. Bogdan Serwowitsch folgte ihr und ließ sich auf den Beifahrersitz fallen. Sie reichte ihm das Album.

„Schauen sie inzwischen einmal rein. Ich rufe Mike an und dann fahren wir zu Maximilian Herrmann." Serwowitsch, der bereits im Album blätterte, sah sie erstaunt an.

„Wenn er wirklich nichts mit der Sache zu tun hat, dann könnte er uns helfen, den oder die Täter zu finden. Immerhin müssen sie an seine Handschrift gekommen sein. Und ihnen gegenüber ist er vielleicht etwas kooperativer."

„Was, Pfarrer Bromsig ist verschwunden? Wie verschwunden?"

Mike, der im Beratungsraum mit seinem Team und zwei Kollegen des LKA, die eine Stunde vorher eingetroffen waren, trotz der späten Stunde saß, hatte das Telefongespräch angenommen, als er Kates vorherige Nachricht gelesen hatte.

Er bemerkte, dass einer der Ermittler des LKA, ein Hauptkommissar Bölke, ihn musterte. Er erwiderte seinen Blick.

„Es scheint eine neue Entwicklung zu geben. Meine Lebensgefährtin sagt mir gerade, dass der Pfarrer, der die ehemalige Jugendgruppe der Gemeinde, zu der auch Herrmann gehörte, betreute, verschwunden ist. Sein Smartphone wurde in einem Blumenkübel gefunden. Sie schickt es gerade, spurentechnisch verpackt, hier her."

Bölke runzelte leicht die Stirn.

„Ihre Lebensgefährtin ist diese ehemalige FBI Agentin, die jetzt ein Securitybüro leitet?"

Mike, der Kate noch immer am Telefon hatte, nickte nur kurz. Woher wusste der das schon wieder? Scheinbar hatten sich die LKA Beamten einschlägig vorinformiert.

„Dann kann sie uns vielleicht einen Tipp geben wo dieser Serwowitsch ist. Er erscheint mir der derzeit Hauptverdächtige."

Mike atmete kurz ein. „Kate, ich weiß nicht, ob du es gehört hast, aber es steht die Frage im Raum, ob du weißt, wo Serwowitsch ist?"

Bogdan Serwowitsch sah Kate von der Seite an, nachdem sie das Telefonat beendet hatte.

„Sie haben ihren Lebensgefährten belogen?"

Diese zog die Brauen zusammen.

„Jetzt spielen sie sich nicht als Moralapostel auf, ja? Also, scheinbar haben die Leute vom LKA den Fall übernommen und für die sind sie der Hauptverdächtige, genau wie ich es befürchtet habe. Zwar hatten wir gehofft, noch ein bisschen Zeit zu haben, aber sie waren schneller da als erwartet. Irgendwie habe ich das Gefühl, dass hier etwas faul ist."

Serwowitsch warf ihr einen kurzen Blick zu.

„Faul?", wiederholte er.

„Die Leute vom LKA waren für meine Begriffe zu schnell da und haben sich, ohne lange Recherchen, auf sie als möglichen Täter gestürzt. Das ist ungewöhnlich. Nun ja, dann müssen wir halt improvisieren."

Inzwischen waren sie in der Südvorstadt angekommen und Kate fand einen Parkplatz vor dem Haus in der Fichtestraße, in dem Maximilian Herrmann wohnte. Sie stieg erst einmal allein aus und klingelte. Nichts, niemand öffnete. Schließlich stieg sie wieder ins Auto, wo Serwowitsch noch immer in dem Album blätterte. Er sah kurz und etwas zerstreut wirkend hoch.

„Er ist nicht da", sagte Kate. „Oder er macht nicht auf."

Serwowitsch nahm sein Smartphone und wählte. Dann schüttelte er den Kopf. „Nein, er ist scheinbar wirklich nicht da."

Kate sah auf die Fenster im Erdgeschoss. „Sagen sie, kann er eigentlich mit seiner Erkrankung Auto fahren?"

Serwowitsch nickte, immer noch auf ein Foto starrend. „Ja, er hat einen Golf. Der ist groß genug, um auch den Rollstuhl einzuladen und einige Schritte kann er auch, je nachdem wie sein aktueller Zustand ist, mit Gehstützen gehen."

Kate war seinen Blicken gefolgt. „Erkennen sie jemand, außer Maximilian Herrmann?"

Es war jenes Foto, das ihr auch Pfarrer Bromsig gezeigt hatte auf das Serwowitsch jetzt starrte.

Dieser fuhr mit dem Zeigefinger langsam über die Oberfläche und tippte auf einen der jungen Männer, der nur im Profil zu erkennen war.

„Er hier. Ich erinnere mich noch, dass er älter war als die anderen. Er hatte so eine eloquente Art, Maximilian und die anderen Jungs haben zu ihm aufgeschaut. Ich weiß noch, dass er später wohl Journalismus studiert hat. Er ist ungefähr zeitgleich mit Maximilian aus der Gruppe ausgeschieden, aber warum weiß ich auch nicht mehr. Sicher, weil er zum Studium ging."

Kate sah auf das Bild. Es war zwar ein Profilbild, aber durch die Helligkeit des Feuers vor ihm recht gut erkennbar. Irgendwie kam ihr der junge Mann bekannt vor, was sie aber wieder verwarf. Woher sollte sie ihn kennen?

„Fällt ihnen der Name nicht ein?"

Sie versuchte nicht allzu drängend zu klingen, weil man damit nichts erreichte, wenn jemand nachdachte. Serwowitsch schüttelte stöhnend den Kopf.

„Er will und will mir nicht einfallen."

Kate winkte ab. „Und wenn. Er muss damit nichts zu tun haben. Vielleicht lebt er schon längst nicht mehr in Plauen und käme damit gar nicht in Frage, also…"

Plötzlich stockte sie und riss Serwowitsch geradezu das Album aus der Hand.

„Jetzt weiß ich es an wen er mich erinnert."

Sie sah Serwowitsch an und sagte ihm einen Namen. Dieser nickte erstaunt. „Ja, genau. Das ist er."

Kate ließ ihren Wagen an.

„Gut, dann wird es Zeit, ihm einen Besuch abzustatten."

Sie spürte den Blick ihres Beifahrers auf sich.

„Wollen sie nicht Hauptkommissar Köhler informieren?", fragte er.

Kate schüttelte den Kopf. „Wenn sich unsere Spur als nichtig erweist, was eigentlich zu erwarten ist, haben wir ohne Grund eine Menge Staub aufgewirbelt. Sollte es allerdings so sein, werde ich ihn zeitnah einschalten. Jetzt rufe ich erst einmal meine Crew zusammen."

Sie wollte gerade ihre Freisprechanlage bedienen, als sie eine Hand leicht auf ihrem Arm spürte. Sie sah zu Serwowitsch hinüber.

„Ich habe jetzt nicht vor, mich von ihnen zu Hause absetzen zu lassen, Frau Schulz. Ich komme mit."

Er sagte es leise und höflich wie immer, aber in

131

einem Tonfall, der ihr klar machte, dass er sich nicht abhalten lassen würde, sie zu begleiten.

„Ich wollte einen meiner Sicherheitsleute mitnehmen", wandte Kate ein, die inzwischen auf die Oelsnitzerstraße eingebogen war.

Sie hörte ein Geräusch neben sich und Kate sah, wie Serwowitsch sein Jackett, das er wie immer trug, aufknöpfte. Was sie sah, hatte sie bereits vermutet.

Er trug verdeckt ein Holster und eine Waffe.

„Keine Sorge, ich habe einen Waffenschein und ich kann damit umgehen", sagte er.

Kate lächelte. „Beides stelle ich nicht in Abrede."

Dann schwieg sie eine Weile. Schließlich sah sie wieder zu ihm hinüber.

„Warum?", fragte sie, während sie an der Ampel an der Sauinsel warten mussten.

„Warum ich eine Waffe trage, wollen sie wohl kaum wissen. Warum ich mich nicht abschütteln lasse? Es geht um Pfarrer Bromsig und das ist mir wichtig."

Kate gab Gas und bog links ab. Als sie nichts sagte, lehnte sich Serwowitsch zurück.

„Ich habe selten einen Menschen erlebt, der einem so vorurteilsfrei entgegenkommt. Verstehen sie mich richtig, er hat es nicht gut gefunden, was ich tue und das hat er mir auch immer wieder schonungslos gesagt. Er verurteilte meine Tätigkeit, mein Tun, aber nicht mich als Mensch. Er erinnerte mich immer an einen Satz, den ich einmal von Gloria von Thurn und Taxis gehört habe, > Gott hasst die Sünde, aber er liebt den Sünder<. Das habe ich ihm immer hoch angerechnet. Bei dem jetzigen Pfarrer empfinde ich das anders. Ich hatte öfter den Eindruck, er mochte es nicht, wenn ich zur Messe komme. Immerhin wissen ja alle Gemeindemitglieder was ich tue."

Er zuckte die Achseln.

„Naja, seitdem halte ich mich zurück. Aber meine Beichte lege ich nach wie vor bei Pfarrer Bromsig ab."

Kate warf ihm einen schnellen Blick zu.

Zu hören, dass der Bordellkönig von Plauen ein praktizierender Katholik war, erstaunte sie doch. Wenn er das mit seinen Ausführungen beabsichtigt hatte, war es ihm wirklich gelungen. Aber sie glaubte ihm seine echte Sorge um den alten Geistlichen.

„Trotzdem werde ich Steven Neubauer darüber informieren, wohin wir unterwegs sind. Außerdem kann er uns noch ein paar Informationen geben."

Wie immer war der IT- Spezialist von Schulz Security erreichbar. Er hörte Kate zu.

„Gut, ich mache mich gleich dran, ich bin zu Hause, wollte zwar gerade joggen gehen, aber das eilt wohl jetzt. Ach, und im Übrigen, Herr Serwowitsch wird gesucht. Man hat ihn zu Hause nicht angetroffen. Ihr solltet die Pausaerstraße meiden, dort wird derzeit kontrolliert."

Kate bedankte sich bei Steven und sah Serwowitsch an, der keine Miene verzog.

„Das ist mit Sicherheit nicht Mikes Idee", sagte sie nach einer Weile, als sie die Friedensbrücke überquerten.

Bogdan Serwowitsch lächelte.

„Daran zweifle ich keine Sekunde, Frau Schulz. Aber was machen wir jetzt?"

Diese lächelte zurück.

„Als alte Plauenerin kenne ich genügend Schleichwege und einen davon nutzen wir jetzt."

„Ich kann nicht verstehen, warum sie sich so auf Bogdan Serwowitsch versteifen", sagte Mike zu Hauptkommissar Bölke, der inzwischen eine Fahndung nach diesem in die Wege geleitet hatte.

Dieser sah nur kurz zu Mike hin.

„Erscheint mir irgendwie logisch", ergänzte er knapp und Mike atmete tief ein.

„Habe ich nur das Gefühl, oder versuchen sie gerade uns von dem Fall auszuschließen?"

Für einen Moment schien es, als seien im Beratungsraum alle eingefroren. Keiner sagte etwas.

Hauptkommissar Bölke straffte sich.

„Wenn sie es genau wissen wollen, Herr Köhler, ich finde die Tatsache, dass ihre Lebensgefährtin in diese Sache involviert ist, ausgesprochen bedenklich. Sie war an verschiedenen Tatorten und steht in Verbindung mit Bogdan Serwowitsch. Also ich sehe hier einen deutlichen Interessenkonflikt."

Er wandte sich an seinen Kollegen, der, wenn auch zögerlich, nickte.

Marianne Jäger erhob sich.

„Ich hole mal neuen Kaffee", sagte sie in die angespannte Stille hinein und erntete erstaunte Blicke.

Frieder Lein wollte pflichtschuldig aufspringen, aber ein Blick von Frank Keilwert hielt ihn zurück.

Nachdem Marianne die Tür hinter sich geschlossen hatte, wandte sich Mike wieder dem LKA Beamten zu.

„Wollen sie damit sagen, dass meine Lebensgefährtin Bogdan Serwowitsch deckt?"

135

Hauptkommissar Bölke zog die Schultern lässig nach oben.

„Zumindest besteht die Möglichkeit das sie ihn gewarnt hat. Immerhin war sie bei ihm und ist vor zwei Stunden mit ihm weggefahren."

Mike sprang hinter seinem Schreibtisch so heftig auf, dass der LKA Beamte, der eben noch betont nonchalant gewirkt hatte, erschrocken zurückwich.

„Sie lassen sie überwachen?"

In diesem Moment ging die Tür wieder auf und Marianne Jäger betrat mit Peter Kögler, dem ersten Polizeihauptkommissar und Leiter des Reviers den Raum. Dieser schien die Situation sofort zu erfassen.

„Ich habe gerade Frau Jäger bei dem Kaffeeautomat getroffen und wollte einmal nachfragen, wie weit die Ermittlungen gedien sind?"

Er schaute von Mike zu Hauptkommissar Bölke.

Zumindest Mike durchschaute die Lüge, denn der Revierleiter war wie er selbst ein Kaffeegourmet und würde sich nie mit Automatenkaffee versorgen.

Marianne hatte ihn mit Sicherheit dazu gerufen, weil sie eine Eskalation der Situation befürchtete.

„Hauptkommissar Bölke hat mir gerade eröffnet, dass er der Meinung ist, ich würde mich in einem Interessenkonflikt bezüglich meiner Lebensgefährtin und deren angeblich guten Verbindungen zu Bogdan Serwowitsch befinden. Weiterhin lässt Herr Bölke Frau Schulz überwachen."

Es war nicht zu überhören, wie sehr sich Mike um einen einigermaßen sachlichen Ton bemühte.

Der Revierleiter zog sich einen Stuhl heran und nahm Platz. Damit signalisierte er auch den anderen, sich wieder zu setzen. Dann sah er den LKA Beamten eindringlich an.

„Es mag vielleicht sein, dass Hauptkommissar Köhler und sein Team in den letzten Jahren die eine oder andere, nun, ich sage einmal so, unorthodoxe Methode bei ihren Ermittlungen angewandt haben. Und ja, auch manchmal mit Hilfe von Frau Schulz, die aber als ehemalige FBI Agentin durchaus die Strukturen einer Ermittlungsbehörde kennt und schon aus diesem Grund nichts Rechtswidriges tun würde. Ebenso kam es auch von Seiten Herrn Köhlers nie zu irgendeiner Form der Dienstüberschreitungen oder gar eines Dienstvergehens. Auch die Ermittlungserfolge haben ihm bisher recht gegeben. Daher möchte ich sie bitten, das zur Kenntnis zu nehmen. Wir wollen doch effektiv und zielorientiert zusammenarbeiten? Ich bin mir sicher, das ist in unser aller Interesse."

Er sah zu Mike und zu den anderen Anwesenden, die schließlich nickten. Dann stand er auf und rieb sich leicht die Hände.

„Gut, dann möchte ich sie nicht aufhalten."

Mit einem Nicken er hinaus. Niemand sagte ein Wort, bis sich Hauptkommissar Bölke räusperte.

„Ich habe nicht ihre Lebensgefährtin überwachen lassen, sondern Serwowitsch. Das er mit ihr weggefahren ist, hat meine Kollegen vor ein Dilemma gestellt, denn sie sind deswegen ihm nicht gefolgt."

Mike musterte ihn eine Weile.

„Ihre Leute, ja? Ich dachte, wir bilden hier eine Einheit in der Soko Culpa, aber scheinbar ist und bleibt das LKA eine eigene Ermittlungsbehörde. Im Übrigen eine gute Idee ihrer Leute", das betonte Mike besonders. „Frau Schulz hätte sofort bemerkt das ihr Fahnder auf der Spur sind. Mögen auch die vom LKA noch so gut sein, eine ehemalige FBI Agentin übertölpeln sie nicht."

„Das saß", raunte Frank Keilwert Omar zu, der breit grinste.

Bölke hob die Hände nach oben.

„Ja, sie haben recht, entschuldigen sie", sagte er und Mike nickte.

„Angenommen", murmelte dieser, obwohl jeder im Raum wusste, dass dies nur ein Lippenbekenntnis war. In diesem Moment vibrierte Mikes Smartphone und er sah auf das Display.

„Einen Moment", sagte er, stand auf und verließ den Raum. Er wollte Steven Neubauers Anruf auf keinen Fall in Bölkes Anwesenheit entgegennehmen. Nachdem er die Tür hinter sich geschlossen hatte, sagte er: „Ja, Steven? Ich bin vor der Tür. Was gibt es?"

Er lauschte seinen Worten, als hinter ihm die Tür aufging und Marianne Jäger im Flur erschien.

Sie sah ihn alarmiert an. „Ist etwas passiert?", fragte sie.

Mike ließ das Smartphone in seiner Hand sinken.

„Es war Steven. Jetzt ist Kate komplett verrückt geworden."

Kapitel 12

Nachdem Kate das Auto abgestellt und gemeinsam mit Bogdan Serwowitsch ausgestiegen war, sah sich dieser interessiert um.

„Das wirkt ja hier wie ein Ausflug in die Vergangenheit", sagte er und Kate lächelte.

„Ja, es hat sich seinen Charme erhalten. Allerdings möchte ich nicht unbedingt hier wohnen, mit den alten Mauern im Rücken. Im Sommer mag es ja angenehm kühl sein, aber im Winter?"

Sie sah sich in der Umgebung etwas um und runzelte die Stirn.

„Was?", fragte Serwowitsch und sie zögerte, allerdings nur eine Weile. Er war schon zu sehr mit in diese Sache involviert, als dass sie Skrupel haben sollte, ihm Details zu verraten. Außerdem war sie inzwischen zu einhundert Prozent davon überzeugt, dass er nicht in diese Angelegenheit verstrickt war.

„Bei allen drei Opfern hat man Partikel in der Haut an den Knien gefunden, die auf einen harten, steinernen Untergrund hinweisen. Naturstein, nicht irgendwie chemisch verändertes Gestein."

Er blies etwas die Wangen auf.

„Nun", sagte er gedehnt. „Das könnte überall gewesen sein."

Ehe Kate antworten konnte, klingelte ihr IPhone.

„Steven", sagte sie erfreut, als sie den Anruf entgegennahm.

„Hallo. Also, ich habe Maximilians Smartphone

getrackt. Er muss sich in eurem Radius befinden."

Kate sah erstaunt auf das kleine Haus vor sich und musterte die Umgebung.

„Also, hier ist nirgends sein Auto. Bist du dir sicher? Laut Omar kann er nur einige Meter und das mit Gehstützen laufen."

Sie hörte Steven die Luft einziehen.

„Kate, ich kann dir nur die Fakten liefern. Sein Smartphone ist im Umkreis von einigen Metern zu euch."

„Gut, sorry und danke", ruderte Kate zurück.

Sie wusste, wie Steven es hasste, wenn sie das, was er herausfand, in Abrede stellte. Diesbezüglich hatte er sich noch nie geirrt.

Sie sah zu Serwowitsch. „Wir klingeln."

„Willst du nicht Mike endlich anrufen?", fragte Steven am anderen Ende der Leitung.

Kate holte tief Luft.

„Bisher haben wir nichts in der Hand, gar nichts. Du weißt ja, wo wir sind. Wenn ich mich nicht in einer halben Stunde bei dir melde, dann ruf ihn an. Gut?"

„Gut und sei vorsichtig."

Steven hatte aufgelegt und Kate steckte ihr IPhone in ihre Jackentasche. Dann deutete sie auf die niedrige Eingangstür, wo unter einem Gewirr an Efeu eine Klingel sichtbar war.

„Also wollen wir mal", sagte sie und drückte auf den Klingelknopf.

„Kate und Serwowitsch haben sich allein auf den Weg zu Lars Böhm nach Elsterberg gemacht?", fragte Marianne Jäger, als glaube sie nicht, was sie eben gehört hat. „Denkt sie wirklich, der hat etwas damit zu tun?"

Mike schüttelte den Kopf.

„Wir hatten und haben ihn überhaupt nicht auf dem Schirm. Serwowitsch glaubt sich zu erinnern, dass er, also Böhm, ebenfalls in dieser Jugendgruppe bei Pfarrer Bromsig war. Steven hat Maximilian Herrmanns Smartphone getrackt und der würde sich angeblich auch in der Gegend aufhalten."

Er fuhr sich durch sein volles Haar, dass prompt zu allen Seiten abstand. Marianne Jäger runzelte die Stirn.

„Dieser Böhm ist doch viel zu verpeilt, um mit unter dieser Decke zu stecken. Nein, ich glaube, diesmal irrt sich Kate. Weißt du, was mir Sorgen macht?"

Sie lehnte sich gegen die Wand und behielt so die Tür zum Beratungsraum im Auge, falls einer der LKA Beamten herauskam. Mike sah sie auffordernd an.

„Das sie mit Serwowitsch unterwegs ist. Wer sagt dir nicht, dass er doch hinter dieser Sache steckt und die da drin recht haben?"

Sie deutete mit einem Kopfnicken auf die immer noch geschlossene Tür. Ehe Mike antworten konnte, klingelte erneut sein Smartphone.

„Ja, Steven?" Er lauschte kurz. „Danke, ich melde mich."

Er sah zu Marianne.

„Steven kann Kate nicht mehr erreichen. Ihr IPhone ist von seinem Radar verschwunden."

Diese holte tief Luft. „Und jetzt?"

Mike dachte angestrengt nach. Wenn er gegenüber den LKA Beamten zugab, dass Kate gemeinsam mit Serwowitsch unterwegs war, brachte das eine ungeahnte Lawine ins Rollen. „Ich gehe zu Kögler", sagte er. Marianne sah ihn zweifelnd an.

„Hälst du das für klug? Wir könnten jetzt einfach offiziell Feierabend machen und dann miteinander nach Elsterberg fahren, um Böhm aufzusuchen. Wenn wir dann keinen Erfolg haben, können wir immer noch Kögler involvieren."

Mike glättete mit beiden Händen seine Haare, jedenfalls versuchte er es.

„Ich will dich da nicht mit reinziehen…"

„Jetzt hör aber auf", fiel ihm Marianne ins Wort. „Glaubst du, mir kann dienstrechtlich noch viel passieren, jetzt, so kurz vor der Pensionierung? Quatsch. Wir zwei gehen jetzt da rein und anschließend fahren wir nach Elsterberg. Frank und Karsten sagen wir Bescheid, die halten dicht. Ich habe vorhin schon gemerkt, wie dieser Bölke ihnen auf die Nerven ging. Irgendetwas ist an dieser Sache faul, aber das bekommen wir auch noch heraus." Sie nickte auffordernd in Richtung Tür zum Beratungsraum.

Mike holte tief Luft. „Also gut, auch wenn mir nicht wohl bei der Sache ist." Marianne lächelte und drückte die Klinke nach unten.

Lars Böhm sah von Bogdan Serwowitsch zu Kate und wieder zurück.

„Ja, was kann ich für sie tun?", fragte er mit einem Lächeln, in dem die Hoffnung zu liegen schien, dass es sich bei den beiden Besuchern um potentielle Kunden handeln könnte. Bogdan Serwowitsch trat einen Schritt nach vorn.

„Hallo, Lars. Kennst du mich nicht mehr?"

Böhm zog die Stirn in Falten und musterte sein Gegenüber. „Also ich…"

Plötzlich erschien ein erstaunter Ausdruck auf seinem Gesicht, dann ein breites Lächeln.

„Bogdan, du? Wie lange ist das her?"

Dieser lächelte zurück. „Fast zwanzig Jahre."

Jetzt sah Böhm zu Kate. „Deine Frau?", fragte er.

Beide schüttelten synchron den Kopf.

Kate trat etwas vor und reichte ihm die Hand.

„Wir sind quasi Kollegen, Herr Böhm. Ich habe auch eine Detektei. Kate Schulz von Schulz Security aus Plauen."

Böhm schüttelte ihre Hand mit einem festen Händedruck. Dann winkte er bescheiden ab.

„Sie spielen wohl in einer anderen Liga, Frau Schulz. Ich hatte schon die leise Hoffnung, dass sich mal wieder ein Kunde hier her zu mir verirrt als sie klingelten."

Dann sah er wieder zu Serwowitsch. „Also, wo sind nur meine Manieren. Bitte, kommt doch herein, aber ich sage es gleich. Es ist ein wenig chaotisch bei mir, besonders, seit ich meine Mutter pflege."

143

Er ging voran und Kate folgte ihm mit Serwowitsch. Dass Böhms Mutter dement war, wusste sie bereits von Mike.

Er öffnete die Tür zu einem kleinen Raum, der über kein Fenster verfügte, aber sehr behaglich wirkte mit alten Möbeln und einer bequemen Couchgarnitur, auf der sie jetzt Platz nahmen.

„Darf ich euch etwas anbieten, einen Kaffee, Tee?" Serwowitsch lehnte höflich ab, ebenso wie Kate. Mit einem Achselzucken nahm Böhm es zur Kenntnis und setzte sich ihnen gegenüber.

„Sag mal, hast du nicht Journalismus studiert?", fragte Serwowitsch. Lars Böhm stöhnte leise auf.

„Ja, allerdings. Aber ich war nie sehr erfolgreich. Am Ende habe ich in der Lokalredaktion der Ostthüringer Zeitung gearbeitet. Aber als das mit meiner Mutter immer schlimmer wurde, ging es nicht mehr. Ich war einfach zu unzuverlässig, konnte Termine nicht mehr einhalten. Nebenher habe ich mir meine Detektei aufgebaut, aber naja…"

Er hob die Hand und fuhr mit dem Finger einen Kreis, als sage das alles.

Kate beschloss in die Offensive zu gehen.

„Kennen sie Maximilian Herrmann?"

Böhm, scheinbar erstaunt über den plötzlichen Themenwechsel, sah sie an.

„Ja, warum?"

Das wiederum erstaunte Kate. Sie hatte vermutet, falls Böhm wirklich etwas mit der ganzen Sache zu tun hatte, würde er eine Verbindung zu Herrmann leugnen.

„Wann haben sie ihn das letzte Mal gesehen?", fragte
sie weiter und Böhm lehnte sich etwas zurück.

Er wirkte völlig entspannt. „Gar nicht, aber wir tele-
fonieren dann und wann. Er kommt ja nicht mehr
viel heraus, leider. Scheiß Krankheit, wenn ich das
mal so sagen darf."

Kate sah zu Serwowitsch und dann wieder zu Böhm.

„Wir haben Grund zu der Annahme, dass sich Maximilian Herrmann hier in der Nähe aufgehalten hat."

Böhm sah verwirrt im Raum umher.

„Hier?", fragte er nach. „Bei mir?"

Dann schüttelte er den Kopf. „Nein, wirklich nicht.
Weder heute noch irgendwann vorher."

Ein lautes Poltern war zu hören.

Lars Böhm ließ ein Aufstöhnen hören und stand auf.

„Entschuldigt bitte, das ist meine Mutter. Ich muss
nur kurz nach ihr schauen. Dann können wir weiterreden."

Er erhob sich und ging nach draußen. Hinter sich
schloss er die Tür.

Mike stieg mit Marianne Jäger aus dem Auto und sah sich auf dem kleinen Platz um. Von Kates Wagen keine Spur. Ohne zu zögern, ging er auf die Tür des kleinen Hauses zu und drückte die Klingel. Niemand reagierte. Inzwischen war auch Marianne herangetreten und Mike ließ den Zeigefinger fest auf dem Klingelknopf gepresst.

Endlich flog die Tür geradezu auf.

Lars Böhm rief: „Was zum Teufel…"

Er unterbrach sich und sah von Mike zu Marianne.

„Hauptkommissar…ähm…"

„Köhler", half dieser ihm auf die Sprünge. „Und das ist Kommissarin Jäger."

Böhm schüttelte langsam den Kopf.

„Bitte entschuldigen sie. Aber ich war froh, dass sich meine Mutter wieder beruhigt hat, da haben sie so energisch geklingelt."

Marianne Jäger nickte verständnisvoll, während Mike es ziemlich gleichgültig schien, ob er die alte Dame geweckt hatte oder nicht.

„Hatten sie vorhin Besuch?", fragte er und Böhm starrte ihn eine Weile an.

„Ob ich…ja, wieso?"

„Wer?", fragte Mike brüsk, was sonst nicht seine Art war.

„Frau Schulz von Schulz Security und Bogdan Serwowitsch. Sie wollten wissen, ob Maximilian Herrmann bei mir war. Sagen sie, was ist denn eigentlich los?"

Seine blauen Augen schwenkten zwischen Mike und

Marianne hin und her.

„Wann sind Frau Schulz und Herr Serwowitsch gegangen?", fragte Mike, ohne auf die Frage von ihm
einzugehen.

Böhm dachte nach.

„Also, das ist eine knappe halbe Stunde her. Meine
Mutter war sehr unruhig und ich musste mehrfach
nach ihr sehen. Da hielten sie es wohl für besser sich
zu verabschieden, denn ich hatte wirklich keine Zeit
mich ihnen zu widmen. Aber bitte, kommen sie doch
herein."

Er trat etwas zur Seite, aber Mike blieb vor der Tür
stehen.

„Danke", sagte er schließlich und deutete Marianne
mit einem kurzen Nicken an, dass sie zum Auto gingen. Nachdem Böhm die Tür geschlossen hatte und
sie wieder im Auto saßen, sah Mike Marianne an.

„Was meinst du?"

„Es spricht alles gegen Serwowitsch", sagte diese und
faltete die Hände im Schoß.

Mike musterte sie von der Seite. „Und?"

Marianne Jäger lehnte sich zurück. „Das passt irgendwie alles zu gut."

Mike nickte und ließ das Auto an und fuhr langsam
den Berg hinunter.

„Eben, das war nämlich auch mein Gedanke."

Kate hörte sich selbst leise stöhnen.

Sie hatte das Gefühl, sich sinnlos betrunken zu haben und jetzt in einer kalten Ausnüchterungszelle der Polizei aufzuwachen.

Eine Tatsache, die schlicht unmöglich war, denn selbst in ihrer Jugend hatte sie nie so viel Alkohol getrunken, dass sie die Kontrolle verloren hätte.

Vorsichtig versuchte sie sich zu bewegen, was allerdings durch etwas behindert wurde, was seltsam schepperte und sie in einer Bewegung erstarren ließ.

Ganz langsam kehrte ihre Erinnerung zurück.

Sie war mit Bogdan Serwowitsch unterwegs gewesen. Bei Lars Böhm, in diesem kleinen Zimmer ohne Fenster. Er war nach draußen gegangen, um nach seiner dementen Mutter zu sehen und dann?

Jetzt hörte sie, nicht weit von sich entfernt, ebenfalls ein Stöhnen.

„Bogdan?", fragte sie leise und dann lauter.

„Bogdan? Sind sie das?"

„Nein, Katharina, er ist noch bewusstlos, aber er bewegt sich schon."

Kate sah in der völligen Finsternis zu der Stelle, von der die Stimme kam.

„Herr Pfarrer Bromsig? Geht es ihnen gut?"

Eine Weile war Stille, dann sagte der Geistliche:

„Naja, gut wäre übertrieben, aber ich bin unverletzt. Maximilian geht es bedeutend schlechter."

Langsam schien sich der Nebel in Kates Kopf zu verflüchtigen.

„Maximilian Herrmann?", fragte sie nach.

148

„Ja, er ist seit Stunden bewusstlos, ich weiß nicht was er ihm gegeben hat."

Jetzt erhob sich eine andere Stimme. „Herr Pfarrer?"

„Ja, Bogdan. Katherina ist auch hier."

Ein lauter Seufzer folgte.

„Ich Idiot hätte eher reagieren müssen. Es war irgendein Gas, dass er in diesen Raum geleitet hat. Darum hatte er auch kein Fenster. Das kam mir gleich seltsam vor."

Kate lachte bitter auf.

„Ich glaube, meine Instinkte verkümmern auch langsam. Machen sie sich keine Vorwürfe, Bogdan. Auf alle Fälle leben wir noch."

„Ja und meine Waffe ist weg und wir sind an die Wand gekettet", warf Serwowitsch ein und Kate hörte, wie er sich bewegte, denn besagte Kette rasselte laut. Sie wandte sich wieder in die Richtung, in der sie Pfarrer Bromsig vermutete.

„Hat sich ihnen Lars Böhm je anvertraut, ich meine…"

„In der Beichte? Nein. Ich wäre auch nie auf die Idee gekommen, dass er der Kopf und der Ausführer in einer Person sein könnte."

„Das wäre wohl niemand", sagte Kate und zog die Beine an, um sich etwas zu bewegen.

Unter sich spürte sie kleine und größere Steinchen und dachte an jene Partikel, von denen sie vorhin Bogdan Serwowitsch erzählt hatte. Jene, die man an den Knieen der Toten gefunden hatte.

Also war es so gut wie sicher, dass man hier die

Männer gefangen gehalten hatte.

Sie hörte wieder, wie sich Pfarrer Bromsig bewegte.

Es war zum wahnsinnig werden, in dieser Dunkelheit nichts zu sehen. Aber sie hörte ihn leicht über
den Boden schaben.

„Maximilian, hören sie mich?"

Ein langgezogenes Stöhnen war zu hören.

„Wer…wer ist da?"

Die Stimme klang nicht nur leise, sondern auch
schwach.

„Pfarrer Bromsig, Maximilian und Bogdan Serwowitsch ist auch hier."

„Warum hat er uns hier heruntergebracht?"

Dann war plötzlich wieder Stille, als habe der junge
Mann erneut sein Bewusstsein verloren.

„Ich wollte nicht das ihnen etwas passiert, Herr Pfarrer und dir auch nicht, Bogdan. Ich war so dumm,
ich…"

Erschöpft brach er ab und es klang, als weine er.

„Nein, sie waren nicht dumm, Maximilian. Sie haben
ihm vertraut, nicht wahr?"

„Haben sie die Zettel geschrieben, *mea culpa, mea
culpa, mea maxima culpa*?", fragte Kate.

„Wer ist das?"

Maximilian Herrmanns Stimme klang panisch, was
nicht verwunderlich war.

„Eine gute Freundin, Maximilian. Sie ist wegen uns
in diese Lage geraten, weil sie uns helfen wollte. Sie
können ihr vertrauen."

Die ruhige Stimme des alten Geistlichen zeigte

Wirkung.

„Ja, ich habe sie geschrieben. Ich wusste, dass Lars diese Männer bestrafen wollte, sie sollten bereuen, ihre schweren Taten, für die sie nie zur Rechenschaft gezogen wurden, bereuen. Das haben sie nicht, ganz gleich wie schwer die Buße für sie war. Dann hat Lars beschlossen sie zu töten, so, wie sie ihre Opfer getötet haben. Es waren schlechte, abgrundschlechte Menschen. Menschen ohne Reue."

„Aber er hat damit Gottes Gebot gebrochen. Du sollst nicht töten", sagte der Geistliche leise.

„Lars sagte, in der Schrift steht Auge um Auge, Zahn um Zahn. Er hat sich als Rächer gesehen, aber in erster Linie ging es ihm um Buße."

Seine Stimme wurde wieder leiser.

Kate vermutete, dass es ihm wirklich schlecht ging.

„Hoffentlich kommen wir hier bald raus", wisperte sie in Richtung Serwowitschs.

„Bitte, nehmen sie mir die Beichte ab", murmelte Maximilian. „Bitte."

Kate reagierte als Erste und sagte in die Richtung von Pfarrer Bromsig: „Bogdan und ich unterhalten uns inzwischen leise."

„Danke", sagte dieser.

Kate rückte etwas in die Nähe von Bogdan Serwowitsch, soweit es die Eisenkette zuließ.

„Sie sind überzeugt das die Polizei uns auf der Spur ist?", fragte dieser.

„100%, schon allein durch meinen Mitarbeiter Steven. Auch wenn Böhm mein Auto ebenso wie das von

Maximilian Herrmann verschwinden lässt, Steven kann genau zurückverfolgen, wo wir waren."

Sie hörte am Rasseln der Kette das Serwowitsch sich bewegte. Scheinbar rückte auch er noch etwas näher an sie heran, im Hintergrund hörten sie das leise Murmeln von Pfarrer Bromsig und Maximilian Herrmann, dass sie bewusst auszublenden versuchten.

„Wie haben sie eigentlich Lars Böhm auf dem Bild erkannt? Ich dachte, sie sind ihm noch nie begegnet."

Kate räusperte sich etwas, weil ihre Kehle inzwischen staubtrocken war.

„Ich hatte ihn auch noch nie gesehen, nur sein Bild im Internet. Er hat ja eine Homepage für seine Detektei."

Serwowitsch stieß einen kleinen, anerkennenden Laut aus.

„Und da haben sie ihn auf einem fast zwanzig Jahre alten Foto wiedererkannt?"

„Ich habe einmal einen Kurs beim FBI belegt, da ging es darum, jemand anhand bestimmter Merkmale, die sich im Laufe des Lebens nicht oder wenig verändern, zu identifizieren. Zwar hatten wir für so etwas unsere Experten, aber ich habe es faszinierend gefunden und, ich sage einmal so, faktisch als Hobby betrieben. Ich hätte nie gedacht, dass es mir noch einmal nutzen würde."

Sie schwieg eine Weile und hörte noch immer das Murmeln am anderen Ende dieses Raumes.

„Wenn die sich nicht bald beeilen, steht es schlecht um Maximilian."

Plötzlich hörten sie über sich lautes Poltern und Schreien.

„Die Kavallerie", sagte Kate, und die Erleichterung war ihr anzuhören. „Alle flach auf den Boden legen, das ist in solchen Fällen immer das Beste."

Sie hörte noch, wie Pfarrer Bromsig die Absolutions-formel sprach, dann krachte die Tür.

Der Vorhof von Lars Böhms Haus stand voll mit Einsatzwagen des SEK, zwei Krankenwagen und neben Mikes Dienstwagen der SUV von Omar, der gerade auf Kate zulief und sie in seine übliche bärenhafte Umarmung zog, die noch intensiver als sonst ausfiel. Dabei rutschte ihr die Wärmefolie, die ihr ein Sanitäter umgelegt hatte, von den Schultern.

„Gott sei Dank geht es dir gut", sagte der Pathologe erleichtert.

„Du hattest wohl Angst, ich lande auf deinem Tisch?", fragte Kate, nachdem sie sich sanft aus der Umarmung befreit hatte.

„Du, damit macht man keine Scherze", rügte Omar sie und sah hinüber zu Mike, der mit Serwowitsch sprach.

Kilian Brehmer, der Leiter SEK, kam gerade auf sie zu.

„Ich muss mich wohl wieder einmal bei ihnen bedanken", sagte Kate und hielt ihm die Hand hin.
Dieser ergriff sie.

„Also, mir ist das auch noch nie passiert, dass ich jemand zwei Mal aus einer misslichen Lage befreien musste. Nicht das das zur Gewohnheit wird", sagte er lachend und klopfte ihr sanft auf die Schulter.
Dann gab er seinen Leuten einen Wink zum Abrücken.

Lars Böhm war bereits auf dem Weg in die Untersuchungshaft. Seine Mutter sollte einstweilen in ein nahes Pflegeheim gebracht werden, aber der Notarzt hatte festgestellt, dass sie unter Einfluss von

Beruhigungsmitteln stand und hatte sie ins Krankenhaus eingewiesen.

Mike kam auf Kate und Omar zu.

„Wie geht es Maximilian Herrmann?", fragte sie ihn.

Der Rettungswagen war bereits vor einer Weile mit
Blaulicht Richtung Krankenhaus gerast.

„Schlecht, sehr schlecht. Pfarrer Bromsig hat sich
nicht davon abbringen lassen mit ihm mitzufahren,
obwohl er selbst ziemlich ramponiert aussah. Aber
laut Notarzt scheinen es nur ein paar oberflächliche
Blessuren zu sein."

Er deutete den Berg nach unten.

„Im Übrigen steht dein Auto neben dem vom Herrmann in einer großen Garage, die Böhm gehört."

Kate hatte die Wärmefolie wieder aufgehoben und
faltete sie betont langsam zusammen.

„Wartest du nur, bis Omar weg ist, oder kommt die
große Standpauke gleich?", fragte sie mit einem in-
tensiven Blick auf Mike.

Dieser schüttelte den Kopf.

„Es ist sinnlos dir Vorschriften machen zu wollen,
das habe ich inzwischen eingesehen. Du weißt selbst
das das wieder hätte schief gehen können?"

Sie nickte, aber keineswegs schuldbewusst.

„Ist es aber nicht. Übrigens noch ein pikantes Detail.
Weißt du, warum sich dieser LKA Hauptkommissar
so auf Serwowitsch eingeschossen hat?"

Mike sah sie schmunzelnd an.

„Nun lass es dir nicht aus der Nase ziehen."

Kate atmete tief ein.

„Er ist der Neffe vom Bischof und hatte wohl den inoffiziellen Auftrag, Schaden von der Kirche abzuwenden. Darum war es doch das Beste, alles Bogdan Serwowitsch in die Schuhe zu schieben."

Die Abschlussberatung der SOKO Culpa fand, dank
Kates Information, die sie von Pfarrer Bromsig erhalten hatte, ohne die beiden LKA Beamten statt.
Peter Kögler hatte offiziell Beschwerde gegen Hauptkommissar Bölke beim LKA eingelegt und obwohl
anzunehmen war, dass man die Sache mit einer mil-
den Verwarnung ahnden würde, hatte es das LKA
vorgezogen, beide Beamte aus der Soko abzuziehen.
Revierleiter Kögler begrüßte alle sehr herzlich, was
ein Novum war, denn normalerweise hielt er sich bei
diesen Dingen sehr zurück.
Auch Doktor Feigler, als externer Psychiater erhielt
einen besonderen Gruß.
Dann ging Kögler zur Tür und öffnete sie.
Mike fiel fast der Stift aus der Hand, als Kate, sehr se-
riös in dunklen Hosenanzug mit weißer Bluse gekleidet, hereintrat und von Kögler mit Handschlag be-
grüßt wurde. Er warf Marianne Jäger, die wie immer
ihm gegenübersaß, einen fragenden Blick zu, aber
diese zuckte nur die Schultern.
„Auch wenn die Soko Culpa jetzt vor ihrer Auflö-
sung steht, möchte ich mich bei Frau Schulz bedanken für ihren Einsatz, der uns vielleicht vor einem
Fehler, zumindest aber vor einer Verzögerung der Ermittlungen, bewahrte. Weiterhin möchte ich ihnen allen mitteilen, dass ich Frau Schulz gefragt habe, ob
sie uns künftig, aufgrund ihrer fundierten FBI Erfah-
rungen, als externe Beraterin zur Verfügung steht
und sie hat zugestimmt."
Jeder klopfte geräuschvoll auf den Tisch, Karsten

Windisch streckte den Daumen in die Luft.

Dann zog Kögler seinen Stuhl heran und deutete Kate, Platz zu nehmen.

„Ich würde mich jetzt zurückziehen. Herr Köhler, sie denken daran, die Pressestelle will bis spätestens morgen einen Bericht."

Mit einem Kopfnicken in die Runde verließ er den Raum. Kate sah zu Mike und grinste breit, was der mit einem Kopfschütteln quittierte, selbst mühsam ein Grinsen unterdrückend.

Schließlich legte er seinen Stift weg.

„Nachdem wir jetzt vollzählig sind, würde ich Herrn Doktor Feigler um seine Einschätzung bitten. Sie haben ja Lars Böhm begutachtet."

Der Psychiater legte seine Aufzeichnungen vor sich bereit.

„Lassen sie mich damit beginnen, dass Lars Böhms Mutter keineswegs dement ist, wie mir die Kollegen inzwischen aufgrund ihrer Diagnostik versicherten. Gewiss hat sie altersgemäß kognitive Veränderungen, aber dement ist sie nicht."

Mike sah stirnrunzelnd zu Marianne Jäger, die sich in Richtung Doktor Feigler beugte.

„Aber wir haben sie doch erlebt, als die Kollegen sie zurückbrachten, sie war, entschuldigen sie den Ausdruck, ganz schön durch den Wind, und dass, wie die Kollegen bestätigten, nicht zum ersten Mal."

Der Psychiater nickte.

„Natürlich und für sie und andere Außenstehende musste das auch so wirken. Aber Frau Böhm hat eine schwere schizoide Störung und das bereits seit ihrer Jugend. Diese Erkrankung hat sie wahrscheinlich an ihren Sohn vererbt, zumindest die Anlage. Ihre Erkrankung, die er geschickt mit Medikamenten manipulierte, schaffte ihm genau das Alibi, das er brauchte. Der treusorgende Sohn, der sich rührend um die schwer demente Mutter kümmerte und deshalb seine vielversprechende Karriere als Journalist aufgeben musste, um sich als mittelbegabter Detektiv über Wasser zu halten."

„Das hat er also allen erzählt?", fragte Frieder Lein nach.

Der Psychiater sah zu ihm hin. „Nicht nur das, er hat es selbst geglaubt. Neben seinen Allmachtsphantasien, die er hat, ist die Rolle des begnadeten, wenn auch leider derzeit nicht aktiven Journalisten, für ihn allgegenwärtig."

„Das er als Journalist wirklich nicht schlecht ist, beweist immerhin die Tatsache, dass er nicht nur hinter Franz Wellenkamps Geheimnis, sondern auch auf die Spur des Mörders von Veronika Schellmann kam", wandte Frank Keilwert ein.

Doktor Feigler nickte. „Seine Obsession, Menschen, die in seinen Augen eine schwere Sünde begangen haben, zur Reue und Buße zu bewegen, hat ihm eine ungeheure Energie verliehen. Er hat sich faktisch Tag und Nacht damit beschäftigt."

Keilwert schüttelte den Kopf. „Trotzdem, mir ist das ein Rätsel."

„Aber warum hat er Baumann selbst überwacht und

159

uns damit direkt auf seine Spur geführt?", fragte Marianne.

Der Psychiater schüttelte langsam den Kopf. „Das hat er nicht, wenigstens nicht wissentlich. Er war an dem Punkt angekommen, dass er sich für unverwundbar hielt, Gott war mit ihm, er schützte sein Vorhaben, was sollte ihm passieren? Vergessen sie nicht, er war komplett in seinem Wahnsystem gefangen."

In diesem Moment erhielt Omar einen Anruf. Er bat mit einer Geste um Entschuldigung und verließ den Beratungsraum.

„Nach ihrem Gutachten wird es wohl zu einer Unterbringung in einem Maßregelvollzug kommen?", fragte Marianne den Psychiater.

Dieser zuckte leicht die Schultern. „Das wird natürlich das Gericht entscheiden und ich werde auch nur einer der Gutachter sein, zumal es sich um einen ziemlich brisanten und öffentlichkeitswirksamen Prozess handeln wird."

In diesem Moment trat Omar wieder in den Raum. Mike sah sofort, dass irgendetwas wenig Erfreuliches vorgefallen sein musste. Er sah den Pathologen auffordernd an. Dieser stieß die Atemluft betont langsam aus und setzte sich.

„Es war die Intensivstation. Maximilian Herrmann ist vor einer Stunde verstorben."

Eine Weile war absolute Stille im Raum. Dann räusperte sich Mike.

„Wir können davon ausgehen, dass er damit das vierte Opfer von Böhm ist?"

Omar zuckte die Schultern. „Er war auch so in einem insgesamt schlechten Gesundheitszustand, das werden sie wohl bestätigen, Herr Kollege?"

Er sah zu Doktor Feigler, der zustimmend nickte.

„Das Betäubungsmittel und der Aufenthalt in diesem Keller, in den er ihn wohl nicht gerade sanft verbracht hat, haben noch ihr Übriges getan."

Mike stieß ein unwilliges Schnauben aus.

„Ich hätte gern gewusst, wie weit er in die Sache involviert war."

Er sah zu Kate, die sofort den Kopf schüttelte.

„Wenn du an Pfarre Bromsig denkst, vergesse es. Alles was er ihm in diesem Keller anvertraute, geschah unter dem Siegel der Beichte."

Als er seinen Blick nicht abwandte, wusste sie, was er dachte. Natürlich glaubte er, sie habe immer noch genug von dieser Unterhaltung mitbekommen, was angesichts der Platzverhältnisse ja auch durchaus anzunehmen war.

„Bogdan Serwowitsch und ich sind so weit es möglich war von den beiden abgerückt und haben uns leise unterhalten, um ihnen die nötige Privatsphäre zu geben."

Sie sagte es, als sei es das Selbstverständlichste der Welt und Mike verstand, dass auch Kate ihm hier keine Informationen geben würde oder konnte, so genau hatte er das noch nicht entschieden.

Doktor Feigler hob leicht seinen rechten Zeigefinger.

„Also, Lars Böhm hat mir gegenüber erwähnt, dass Maximilian Herrmann, und ich zitiere hier wörtlich-

mein gläubigster Jünger war, bis zum Tag seines Verrates- Es war wohl so, dass Herrmann sehr wohl von Böhms Feldzug wusste, aber immer noch daran glaubte, dieser wolle die Täter, die nie zur Rechenschaft für ihrer Taten gezogen worden sind, zur Buße und Reue bewegen. Dazu hatte er auch viele dieser Zettel geschrieben, wie Kollege Amri sie dann in den Kehlen der Toten gefunden hat. Er hat auch den Vertrag mit Harry Klein unterzeichnet, den Böhm als Auftraggeber zur Überwachung von Baumann angegeben hatte." Er sah jetzt zu Mike, dieser nickte. „Ja, mit dieser Schrift, die der auf den Zetteln glich, hat er uns ganz schön verwirrt."

Der Psychiater fuhr fort. „Er scheint Maximilian Herrmann sogar noch die Notwendigkeit, diese Männer mangels Bußbereitschaft töten zu müssen, erfolgreich eingeredet zu haben. Böhm wollte auch Bogdan Serwowitsch in seine Gewalt bringen, aber das scheiterte an dessen Bodyguards. Da verfiel er auf die Idee, Spuren von ihm, die er ja reichlich bei Maximilian Herrmann fand, an den Opfern zu platzieren. Das und die Tatsache, dass er Pfarrer Bromsig in seine Gewalt gebracht hatte und auch diesen töten wollte, führten Herrmann wohl vor Augen, dass er es mit einem Wahnsinnigen zu tun hatte. Also wollte er ihn zur Rede stellen. Das war sein Verhängnis."

Mike seufzte leise. Mehr würden sie wohl nie erfahren.

Aber zumindest war Bogdan Serwowitsch aus dem Schneider und der Täter gefasst.

Kapitel 13

Es war genau die Hochzeit, die Kate sich gewünscht hatte. Die Trauung durch Pfarrer Bromsig, der sich erstaunlich schnell von den Strapazen seiner Entführung erholt hatte, war sehr feierlich, aber auch irgendwie anders gewesen.

In seiner Predigt war er sensibel auf die Tatsache eingegangen, dass neben der katholischen Braut und dem atheistischen Bräutigam, die Hochzeitsgesellschaft aus jüdischen und protestantischen Verwandten sowie muslimischen, buddhistischen und evangelikalen Freunden bestand. Das, so sagte er, mache doch Mut, dass Menschen unterschiedlichsten Glaubens nicht nur zusammenkommen, sondern sich auch akzeptieren und tolerieren könnten.

Mikes Schwester hatte dafür gesorgt, dass ihre beiden jüngsten Kinder, trotz einiger Zappelattacken während des Gottesdienstes, ernsthaft und mit feierlicher Miene die Blumen streuten und anschließend fuhr die gesamte Hochzeitsgesellschaft in einem Oldtimerbus, dem legendären California Schoolbus, Richtung Stadtpark.

Herr Winter hatte sich einmal wieder selbst übertroffen bei der Ausstattung der Feierlichkeiten, er überwachte akribig den Cateringservice und sogar das Wetter hatte nicht gewagt, ihm einen Strich durch die Rechnung zu machen.

Kate stand neben dem Festzelt und sah Pfarrer Bromsig in ein angeregtes Gespräch mit Omars Vater vertieft, während Mike eine sicher fachliche Diskussion mit Ben hatte.

Ihre Tante Sarah kam mit schnellen Schritten vom Haus über den Rasen gelaufen.

„Katherina, draußen steht ein Herr. Er will partout nicht hereinkommen, aber er hat ein Geschenk für euch dabei, dass er nur dir geben will."

Kate nickte und lief nach oben. Neben dem Auto am Straßenrand stand Bogdan Serwowitschs Bodyguard, während er selbst mit einem großen, sehr edel verpackten Karton auf dem Treppenabsatz wartete. Kate nickte dem Bodyguard zu und lächelte Serwowitsch an. Dieser lächelte zurück.

„Ich wollte ihnen und Hauptkommissar Köhler meine herzlichsten Glückwünsche zur Hochzeit überbringen…"

„Dann kommen sie erst einmal herein", unterbrach Kate ihn.

Er schüttelte leicht den Kopf. „Ich weiß nicht, ob…"

„Doch", sagte Kate bestimmt und gab dem Bodyguard ein Zeichen. „Danke, sie können abfahren. Herr Serwowitsch hat hier Schutz genug, glaube ich." Dieser zog leicht eine Augenbraue nach oben und sah seinen Chef an, der leicht nickte. Dann folgte dieser Kate durch das Gartentor den Rasen hinunter zum Festzelt.

Kate sah sich um. „Also Mike war eben noch da."

Er zuckte die Schultern und überreichte ihr den Karton. „Frau Schulz, oder?"

Kate nickte. „Ich habe meinen Namen behalten. Aber ich glaube, es wäre an der Zeit, dass sie mich Kate nennen, Bogdan. Zumindest waren wir im Keller von Lars Böhm schon einmal so weit."

Sie winkte einen der Kellner herbei und nahm zwei Sektgläser, die mit einem roten Fuß gekennzeichnet waren. Eines davon reichte sie Serwowitsch und stieß mit ihm an. „Garantiert alkoholfrei", sagte sie leise und er lächelte. In diesem Moment kam Mike wieder über den Rasen geschlendert.

Dieser hatte bereits sein Jackett abgelegt und die Ärmel des weißen Hemdes aufgeschlagen.

Das Bogdan Serwowitsch in seinem Garten stand, schien ihn nicht zu erstaunen und wenn doch, merkte man es ihm zumindest nicht an.

Er trat auf ihn zu und nahm seine Glückwünsche entgegen. Schließlich trat ein peinliches Schweigen ein, das Kate soeben zu beenden plante, als ihre Tante Sarah den Weg heraufgeeilt kam.

„Ah, da ist ja der junge Mann", sagte sie zu Serwowitsch und ergriff spontan dessen Hand. „Ich bin Katherinas Tante Sarah."

Sie sah ihn auffordernd an, als Kate bereits mit einer Geste auf ihn deutete.

„Bogdan Serwowitsch, er ist…" Sie zögerte eine Weile. Als was sollte sie ihn vorstellen?

„Serwowitsch? Also in unserer Nachbarschaft lebte einmal ein Milosch Serwowitsch. Ist das zufällig ein Verwandter von ihnen? Aber sie sollten erst einmal eine Kleinigkeit essen."

Sie hatte sich bei ihm eingehakt und dirigierte ihn über den Rasen in Richtung Festzelt.

Mike grinste. „Glaubst du, diesen Milosch Serwowitsch gibt es wirklich?"

Kate sah den beiden nach. „Unterschätze Tante Sarah
nicht, sie kennt unheimlich viele Leute. Darüber hinaus hat sie ein feines Gespür für peinliche Situatio-
nen. Also such` dir was aus."

In diesem Moment näherte sich Omar den beiden
und nahm Serwowitsch gleich in Beschlag.

Mike zuckte die Schultern. „Tja, so werden wir es
wohl nie erfahren."

Dann legte er seinen Arm um Kates Schultern.

„Wir sollten Serwowitschs Geschenk zu den anderen
ins Haus bringen. Kommst du mit?"

Kate nickte. „Ja und wenn auch nur um ein paar Minuten aus den Schuhen herauszukommen."

Mike schaute nach unten und nickte mitfühlend.

Sie trug zu ihrem weißen Etuikleid sehr schmale und
hochhackige Stilettos, bei deren Anblick ihm bereits
die Füße weh taten.

Er hob den Karton mit der geschmackvollen Schleife
auf. „Puh, ganz schön schwer", murmelte er und
folgte Kate über die Terrasse in die Bibliothek, in der
sie auf einem langen Tisch alle Geschenke aufgestellt
hatten. Er hörte, wie Kates Schuhe zu Boden polter-
ten und ein leises Aufstöhnen.

„Zieh doch ein paar andere Schuhe an, es ist schon
dunkel und es schaut eh keiner mehr hin", sagte er.

Sie schüttelte den Kopf. „Soll ich zu dem Kleid vielleicht Sneakers anziehen?"

Auf einem Bein balancierend, rieb sie sich die linke

Ferse. Mike hatte in der Zwischenzeit den Karton geöffnet und nahm eine Holzskulptur heraus.

Kate stellte sich barfuß neben ihn und sagte nur: „Wow." Die Holzskulptur stellte den Erdball dar, der ein einer großen Hand lag. Auf dem Erdball selbst waren die verschiedenen religiösen Symbole der Weltreligionen dargestellt. Die andere Hand legte sich schützend darüber. Kate strich über das wunderbar gemaserte Holz. „Olivenholz?", fragte sie Mike und der nickte. „Ja, das vermute ich auch."

Dann drehte er die Skulptur vorsichtig um und schaute auf die eingebrannte Signatur.

Kate sah ihm über die Schulter. „BS? Es ist ein Stück von Brian Sugar. Er signiert so."

Mike sah sie fragend an. „Sollte ich ihn kennen?"

Sie lächelte. „In Europa ist er nicht so bekannt, aber in den Staaten werden Wahnsinnspreise für seine Stücke geboten. Das hier ist etwas ganz Besonderes." Sie sah sich in dem Raum um und stellte die Skulptur schließlich in den kleinen Alkoven auf den alten Holztisch.

„Sie trifft eigentlich genau das, was Pfarrer Bromsig heute über uns alle gesagt hat", flüsterte sie und Mike legte seinen Arm um sie. Sie standen eine Weile schweigend, bis Kate einen gequälten Blick auf ihre Schuhe warf.

„Was soll`s", sagte sie und schlüpfte wieder hinein.

„Komm, da unten scheint gerade der Bär abzugehen." Sie deutete mit dem Kopf in Richtung Festzelt, von wo lautes Lachen zu hören war.

Nachwort:

Erst einmal möchte ich mich ganz, ganz herzlich bei meinen treuen Lesern bedanken.

Nie hätte ich gedacht, ihnen/euch bereits Band 10 meiner Katherina Kate Schulz- Reihe präsentieren zu dürfen.

Möglich ist es durch die vielen Feedbacks, die mich erreichen und die damit verbundenen kreativen Ideen, die mir noch Stoff für einige weitere Bücher geben.

Das ich in diesem Teil der Figur des Bogdan Serwo-witsch einen breiteren Raum gegeben habe geschah auf eine Anregung meiner lieben, ehemaligen Kolle-gin Rosina Drewanz. Ich hoffe, es ist mir gelungen...

Die von mir geschilderten Geschichten, Einrichtun-gen und Menschen sind meist fiktiv, allerdings sind einige der von mir geschilderten Orte in meiner Hei-matstadt Plauen auch real.

Zum Beispiel das Arboretum im ehemaligen Friedhof II. Es ist ein wunderbarer Ort der Ruhe und eine Empfehlung, wenn man einmal abschalten will vom hektischen Alltag.

Real ist die Plauener Kaffeerösterei und ihr Besitzer Daniel, der so freundlich war, mir zu gestatten, Teile meiner Geschichten in seinen Räumen anzusiedeln.

.

Zur Autorin:

Annette G. Krupka wurde in Plauen geboren.
Sie besuchte hier die Schule, lernte Krankenschwester, studierte später Pflegemanagement, erwarb einen Masterabschluss und ist als freiberufliche Unternehmensberaterin tätig.
Heute lebt sie in einer Thüringer Kleinstadt und hat ein Fachbuch zum Thema Pflege veröffentlicht.

„Culpa" ist der zehnte Teil um die ehemalige FBI-Agentin Kate Schulz.
Bisher erschienen sind:
Lebensborn
Golem
Entführt
Methusalem
Filmriss
Virus
Engelsflug
Würgemale
Verlassen
Weitere Folgen sind geplant.

Nach England und Schottland entführt die Reihe um Jane MacKenzie und Detective Inspektor Peter Brown.
Bisher erschienen sind:
Der Hyde Park Mörder
Die Rache der Kali

Auch hier wird es weitere Folgen geben.

Liebe Leser, danke, dass Sie Kate Schulz bis zum Ende des zehnten Falles gefolgt sind.

Sind Sie neugierig, wie es weiter geht mit Kate Schulz???
Bald ist es so weit:

Kate Schulz 11 – Phobie

Was ist deine größte Angst?
Kathleen Fischer stirbt, angebunden außen an einem Brückengeländer. Ihr Mann sagt der Polizei, dass seine Frau unter einer furchtbaren Höhenangst gelitten habe.
Für Hauptkommissar Mike Köhler und sein Team ein Rätsel. Wer tat das der allseits beliebten Erzieherin an?
Dann gibt es einen zweiten Toten, Benjamin Haase, ein junger Mann, der wegen seiner Klaustrophobie ins psychologischer Behandlung war. Er wurde gefesselt in einer kleinen Kiste gefangen gehalten.
Damit bewahrheitet sich der schreckliche Verdacht von Mike Köhler. Es scheint wieder ein Serientäter in Plauen aktiv zu sein, doch dieses Mal gibt es kein greifbares Motiv, auch nicht, als der nächste Mord geschieht.
Schließlich ist es Kate Schulz, die eine Verbindung entdeckt. Eine Erkenntnis, die ihr zum Verhängnis werden kann.

Leseprobe- „Phobie"

Wie war er eigentlich auf die irrsinnige Idee gekommen, joggen gehen zu müssen? Wieso quälte er sich in seinem Alter jeden Morgen aus dem Bett, um wie ein Esel hinter einer vorgehängten Möhre herzulaufen?

Ach ja, es hatte damit begonnen, dass Miriam, seine Frau, das, was er immer scherzend seinen „Wernesgrüner Muskel" genannt hatte, als Wampe bezeichnete. Na gut, sie hatte auch nach über fünfundzwanzig Jahren Ehe ihre Figur behalten.

Sie ging ja auch schon seit vielen Jahren regelmäßig zum Sport, neuerdings neben dem Tennis zu Zumba. Wenn es ihr Spaß machte, gut, sollte sie.

Aber dann bemerkte er, wie sie die durchtrainierten Kerle ansah, WIE!

Da klingelten bei ihm die Alarmglocken.

Ja, er hatte sich gehen lassen. Hier ein Bierchen, dort eine Roster, da ein Steak, es läpperte sich. Verflixt, die Kilos waren schneller drauf gewesen, als sie bereit waren sich wieder zu verabschieden.

Jetzt rannte er schon seit zwei Wochen und was hatte er abgenommen? Zwei Kilo. Zwei!

Schnaufend wie eine Dampflokomotive nahm er einen kleinen Anstieg.

Noch bis zur Syratalbrücke, dann würde er umdrehen. Vielleicht würde er rückwärts beim Bäcker…

Er schüttelte den Kopf. Nein, kein Bäcker. So wie sein Magen knurrte, wäre das jetzt die ultimative

Katastrophe.

Gerade wollte er kurz stehen bleiben, als ihm auf dem Weg eine Frau entgegengejoggt kam. Ihre Bewegungen waren gleichmäßig und harmonisch. Sie schien sich überhaupt nicht anstrengen zu müssen, obwohl er kleine dunkle Flecken rechts und links an den Achseln bemerkte. Also schwitzte sie auch. Unwillkürlich straffte er sich, als sie in seiner Höhe war.

Aber auf ihr fröhliches „Guten Morgen" brachte er nur ein Krächzen zustande und musste stehen bleiben.

Die Frau stoppte ebenfalls und sah ihn besorgt an.

„Alles in Ordnung?", fragte sie.

Er hustete etwas und nickte. „Ja...danke."

Mit einem Stirnrunzeln musterte sie ihn.

„Sie laufen wohl noch nicht so lange? Sie sollten sich nicht überanstrengen", sagte sie schließlich und löste eine Flasche von ihrem Gürtel, den sie um die Taille trug. „Nehmen sie ruhig einen Schluck."

Er kam langsam wieder zu Atem und nahm die Flasche dankbar an. Das Getränk war frisch, leicht süß und hinterließ einen Geschmack nach Minze in seinem Mund.

„Danke", sagte er, um einen festen Ton bemüht und reichte ihr die Flasche zurück. „Sehr lecker."

Sie lächelte. „Meine Eigenkreation eines Iso Drink. Sie sollten immer etwas dabeihaben", mahnte sie nochmals.

Er nickte. Sein Gegenüber wirkte fit und

durchtrainiert, da konnte ihn der Neid packen.

„Sie laufen wohl schon länger?", fragte er und sie zuckte leicht die Schultern.

„Schon über dreißig Jahre, also haben sie mal kein schlechtes Gewissen, das wird schon noch. Und immer daran denken, nicht viel hilft viel."

Sie nickte ihm zu und rannte weiter, während er ihr seufzend hinterher sah.

Ihr Körper schien sich im Einklang mit jeder ihren Bewegungen zu befinden, er musste auf sie wie ein absoluter Stümper gewirkt haben. Achselzuckend wandte er sich wieder seinem Weg zu und versuchte, seinen Trab zu finden, als er bemerkte, dass er schon fast an der Syratalbrücke, seinem Etappenziel angekommen war.

Erleichtert blickte er nach oben und wäre fast gestürzt.

Was sollte denn das? Ein zugegeben makabrer Scherz. Jemand hatte eine lebensgroße Puppe an Bungeeseilen befestigt, die hin und her schwang.

Er lief noch ein paar Schritte näher und stieß einen lauten Schrei aus.

Das war keine Puppe. Es war eine Frau, die dort oben hing und ihn anstarrte. Anstarrte aus großen, toten Augen.

„Hilfe, Hilfe", schrie er, völlig außer sich, so laut er konnte. In diesem Moment hörte er Schritte hinter sich. Er schnellte panisch herum.

Die Frau von eben war zurückgekommen.

Vielleicht hatte sie gedacht, er wäre

zusammengebrochen, denn sie sah ihn zwar verblüfft, aber keineswegs alarmiert an.

Er konnte nichts sagen, sondern deutete nur wortlos nach oben.

Sie folgte seinem Blick. Dann zog sie ein IPhone aus ihrer Gürteltasche.

„Ich rufe die Polizei. Setzen sie sich da drüben ins Gras und schauen sie nicht mehr hin."

Sie legte ihm sanft die Hand auf die Schulter und dirigierte ihm vom Weg zum Rasen.

Während sie im Abstand zu ihm mehrere Telefonate führte, wunderte er sich nur, wie ruhig sie war.